古典文獻研究輯刊

二三編

曾永義 主編

第23冊

**石麟文集（第七卷）：
閒書謎趣（選本）（上）**

石　麟 著

國家圖書館出版品預行編目資料

石麟文集（第七卷）：閒書謎趣（選本）（上）／石麟 著 -- 初
版 -- 新北市：花木蘭文化事業有限公司，2021〔民110〕
目 4+146 面；19×26 公分
（古典文學研究輯刊 二三編；第 23 冊）
ISBN 978-986-518-362-2（精裝）
1. 中國小說 2. 中國文學史 3. 文學評論
820.8   110000437

ISBN-978-986-518-362-2

古典文學研究輯刊
二三編 第二三冊   ISBN：978-986-518-362-2

石麟文集（第七卷）：閒書謎趣（選本）（上）

作　　者　石麟
主　　編　曾永義
總 編 輯　杜潔祥
副總編輯　楊嘉樂
編　　輯　許郁翎、張雅淋　美術編輯　陳逸婷
出　　版　花木蘭文化事業有限公司
發 行 人　高小娟
聯絡地址　235 新北市中和區中安街七二號十三樓
　　　　　電話：02-2923-1455／傳真：02-2923-1452
網　　址　http://www.huamulan.tw 信箱 service@huamulans.com
印　　刷　普羅文化出版廣告事業
初　　版　2021 年 3 月
全書字數　193580 字
定　　價　二三編 31 冊（精裝）台幣 82,000 元　　　版權所有・請勿翻印

石麟文集（第七卷）：
閒書謎趣（選本）（上）

石麟 著

作者簡介

石麟，1953 年出生於湖北省黃石市。曾任湖北師範大學文學院教授，中南民族大學文學院教授，現為湖北大學客座教授。同時擔任中國《水滸》學會會長，中國《三國演義》學會副會長，中國散曲學會理事，湖北省屬高校跨世紀學科帶頭人，湖北省有突出貢獻中青年專家。先後出版專著《章回小說通論》《話本小說通論》《中國傳統文化概說》《中國古代小說批評概說》《說部門談》《稼稗兼收》《李攀龍與後七子》《野乘瑣言》《傳奇小說通論》《通俗文娛體育論》《中華文化概論》《從「三國」到「紅樓」》《閒書謎趣》《中國古代小說評點派研究》《稗史迷蹤》《石麟論文自選集・戲曲詩文卷》《中國古代小說文本史》《從唐傳奇到紅樓夢》《古代小說與民歌時調解析》《石麟文集類編》（五卷本）《中國古代小說批評史的多角度觀照》《施耐庵與〈水滸傳〉》《俗話潛流》二十三部，與人合著《明詩選注》《金元詩三百首》二書，主編教材三套，參編參撰書籍十種，撰寫《中華活頁文選》六期，並在《文學遺產》《明清小說研究》《戲劇》《古代文學理論研究》《藝術百家》《文史知識》《中國文學研究》《中華文化論壇》等刊物上發表學術論文二百二十多篇。

提　　要

　　先解釋本冊標題：所謂「閒書」，主要指的是「古代小說」這種不登大雅之堂的文體；而「謎趣」，則指的是某些令人不解而又饒有興味的問題。綜合而言，這裡的主要任務就是力圖解決中國古代小說中一些懸疑而有趣的人物、情節和現象。其間，有的是故事群的分歷史階段的演繹，有的是某類人物在不同歷史時代的順承和變異，有的是某種藝術手法的前進或退步，有的甚至是某種固定格式在多部小說中的重現和創發。還有一些看似微不足道的細節問題，但聯繫在一起，卻會產生某種發人深省的深刻含蘊。本冊或長或短的數十篇文章，就是著眼於這些小說史上的瑣屑問題，從而揭示一部潛在於傳統話語之下的另類小說史。

目

次

上　冊

童男童女・精怪・剋星 ……………………………… 1

倒楣的涇河龍家族與涇渭清濁 ……………………… 5

妖精吟詩 ……………………………………………… 9

老虎回家屁股先進洞，誰說的？ ………………… 13

諸多精怪之來歷 …………………………………… 15

鬥法、賭賽與犯天條 ……………………………… 17

最「貼身」的兵器 ………………………………… 21

吹牛的藝術 ………………………………………… 25

背棄君王的理論 …………………………………… 31

死而復活的人 ……………………………………… 35

極其相似的「遇難呈祥」與兩位古老的「娘娘」 …… 39

「隔屏猜物」與「隔板猜枚」 …………………… 53

刀劍・買賣・殺人 ………………………………… 55

「天下」究竟屬誰？ …………………………………… 59

古代小說中的「包二奶」 …………………………… 65

妖精・軍備・重量 …………………………………… 69

古代小說中形形色色的商業廣告 ………………… 75

令奸雄難堪的絕妙引用 …………………………… 89

最明智的焚書者 …………………………………… 91

兄弟次序，何以為據？ …………………………… 95

「八陣圖」與「盤陀路」 …………………………… 99

看不得的「首級」 …………………………………… 103

「壽亭侯」「漢壽亭侯」與「×壽亭侯」 ………… 107

虛則實之，實則虛之 ……………………………… 111

無論如何也激不怒的敵人 ………………………… 115

寶馬赤兔 …………………………………………… 117

「北風緊」與「北風寒」 …………………………… 121

「拔大樹」與「扮新娘」 …………………………… 123

英雄的「名頭」 …………………………………… 127

暑天下蒙藥，酒好還是茶好？ ………………… 133

「愚忠」比賽 ……………………………………… 137

蔚為大觀的「打虎」 ……………………………… 141

下　冊

「人事」是什麼東西？ …………………………… 147

真「粗鹵」與真「癡」 …………………………… 159

虛張聲勢的吶喊 ………………………………… 161

從「盜嫂」到「賣嫂」 …………………………… 165

胡屠戶的「師傅」 ……………………………… 175

真假皇帝的真假菊花詩 ………………………… 179

「落草」不一定「為寇」──兼談「坐草」……　183

荒唐的絕招──產婦臨陣退敵 ………………　191

假美女與真妖精的搏鬥 ……………………　195

極高雅與極淫穢的「品簫」 ………………　201

進入角色的觀眾和演員 ……………………　205

應伯爵及其「徒弟」 ………………………　211

低賤而又恥辱的「綠」 ……………………　213

百姓心中的「盜」與「官」 ………………　219

寶玉「精秀鍾於女兒」言論的先驅 ………　225

最惡劣的婆婆和最孝順的兒媳 ……………　229

發人深思的旗子和圈兒 ……………………　233

「籤片」小考 ………………………………　237

事定而力乏，佳人好漢皆難免 ……………　245

快意當前，南面王萬戶侯值得什麼？ ……　249

敵我之間的相互「變化」 …………………　253

令人噴飯後流淚的「魚雁」 ………………　257

最愜意的懲貪 ………………………………　259

「官虎而吏狼」的思想根源之一 …………　261

「鬼」死了是什麼？ ………………………　263

東宮・皇帝・戀孌・剽竊 …………………　267

醜惡的「夫妻共事一人」 …………………　271

「十全」「十不全」與「施不全」 ………　275

林黛玉靈魂的歸宿以及「離恨天」「相思地」…　279

以「齷齪」報復「卑鄙」 …………………　285

亂七八糟的「金陵十二釵」 ………………　289

螃蟹的悲劇 …………………………………　293

童男童女‧精怪‧剋星

　　在古代小說中，經常描寫某些邪神精怪要以童男童女為祭品，否則就要危害一方。善良無助的百姓為此不知貢獻了多少親生骨肉，但最後，總有勇敢的正義者為民解難，消滅邪惡，拯救弱小。

　　目前所知，小說中最早寫到這種情節的應該是《搜神記》中的《李寄斬蛇》一篇：「東越閩中，有庸嶺，高數十里。其西北隰中，有大蛇，……欲得啖童女年十二三者。……共請求人家生婢子，兼有罪家女養之。至八月朝祭，送蛇穴口。蛇出，吞齧之。累年如此。已用九女。」最後，這個罪惡的蛇精終被少年女英雄李寄消滅：「寄乃告請好劍及咋蛇犬。至八月朝，便詣廟中坐。懷劍，將犬。先將數石米餈，用蜜麨灌之，以置穴口。蛇便出，頭大如囷，目如二尺鏡。聞餈香氣，先啖食之。寄便放犬，犬就齧咋，寄從後斫得數創。瘡痛急，蛇因踴出，至庭而死。」

　　這樣的情節，被神魔怪異小說名著《西遊記》改造之後，就成為發生在通天河邊的著名故事──「金木垂慈救小童」。金者，悟空也；木者，八戒也。原來通天河上有一個「靈感大王」，雖能「年年莊上施甘雨，歲歲村中落慶雲」，但卻「一年一次祭賽，要一個童男，一個童女，豬羊牲醴供獻他，他一頓吃了。」（第四十七回）這一年該陳家莊的童男陳關保、童女一秤金獻祭，幸虧碰上唐僧師徒，悟空變做童男，八戒變做童女，救了兩個小孩性命。且看這場善良與兇殘之間的搏鬥：

　　　　那怪不容分說，放開手，就捉八戒。呆子撲的跳下來，現了本
　　相，掣釘鈀，劈手一築，那怪物縮了手，往前就走，只聽得當的一聲
　　響。八戒道：「築破甲了！」行者也現本相看處，原來是冰盤大小兩

個魚鱗，喝聲「趕上！」二人跳到空中。那怪物因來赴會，不曾帶得兵器，空手在雲端裏問道：「你是那方和尚，到此欺人，破了我的香火，壞了我的名聲！」行者道：「這潑物原來不知，我等乃東土大唐聖僧三藏奉欽差西天取經之徒弟。昨因夜寓陳家，聞有邪魔，假號靈感，年年要童男女祭賽，是我等慈悲，拯救生靈，捉你這潑物！趁早實實供來！一年吃兩個童男女，你在這裡稱了幾年大王，吃了多少男女？一個個算還我，饒你死罪！」那怪聞言就走，被八戒又一釘鈀，未曾打著，他化一陣狂風，鑽入通天河內。（第四十八回）

後來，又經歷幾場打鬥，在觀音菩薩的幫助下，終於收服了這個金魚精。

《西遊記》中的故事較之《搜神記》中所寫，有幾點不同：其一，李寄是奮勇自救，陳關保、一秤金是被聖僧所救。其二，巨蛇是土生土長的妖精，吃人本屬正常；而金魚精則是觀音菩薩「蓮花池裏養大的金魚，每日浮頭聽經，修成手段」。（第四十九回）結果呢？憑著從救苦救難觀世音菩薩那裡學來的手段，卻去殘害童男童女。這是否有點兒諷刺意味呢？如此看來，在第一個不同點上，《西遊記》不如《搜神記》；而在第二個不同點上，《西遊記》卻大大超過了《搜神記》。

《西遊記》以後，還有很多小說寫到這種妖精要求童男童女祭賽的情節。如《五顯靈官大帝華光天王傳》（簡稱《南遊記》）中就寫道：「此處有一烏龍大王，連年要辦童男童女祭賽，方得村中一年無事。」（第八回）可惜的是，此書記載太過簡略。與《西遊記》中的描寫不可同日而語。

不僅《南遊記》的描寫不如百回本《西遊記》，就是在此後一系列情節相同的故事描寫過程中，再也沒有超過《西遊記》的了。

《後三國石珠演義》寫熊精為害，農夫對石珠說「元帥那裡知道，這神仙叫做神火至尊，離此半里路，有個廟宇，是他的香火，年年到了四月十五日，小人們備辦豬羊，扛著一個兩三歲的女兒，到廟中去獻他，等他吃了，然後下秧種田，那年收成，定有二十分，就是小人們也都健旺，沒有疾病。若一年不去獻他，或無活人，不是田荒，就是人死，家家弄得七零八落，小人不能生活了。」（第六回）後來，這熊精被石珠的軍師侯有方消滅，這也是一場充滿神異色彩的殊死戰鬥：

正燒間，忽然廟門外一聲震響，震得草木俱動，雷過處，那神火至尊飛奔而來，大喊道：「侯有方，我又不來害你，你卻燒我廟

宇，滅我血食，此是何意？」侯有方罵道：「惡怪毛神，你已積祟有年，吃了村中多少女兒，我特來替村坊報仇斬你！」神火至尊道：「我吃村坊上的人，關你何事？也要你來管？」侯有方怒道：「人是可吃的麼？不要多言，看劍！」便飛起鎮魔劍砍來，神火至尊也舞起釘鈀來戰，兩下就在山前戰有二十餘合，未分勝敗。侯有方大怒，口中念念有詞，解下腰間一條線帶，望上一拋，只聽如天崩地裂一聲響，奔下一根大蟒蛇來，將神火至尊緊箍纏住，神火至尊這才慌了，忙將釘鈀去築那蟒蛇，被有方提起寶劍，走上前一步，喝聲道：「著！」寶劍劈將下來，那怪避閃不及。劈死熊精，就拖他擲在火中，頃刻間，連那廟宇燒個乾淨，遂除了村坊一害。（同上）

《飛龍全傳》中的饕餮大王鄭恩混吃了別人一頓食物，被掌櫃的罵作「黑吃大王」，並說「你遇著我們白吃大王，他有本事生嚼你這位黑吃大王」。這一下可把這位莽漢惹火了：

　　鄭恩聽說，立住了腳問道：「樂子問你，那個白吃大王如今現在那裡？待樂子與他會會。」掌櫃的道：「你黑吃了東西，心滿意足，只管走路，莫要管這閒帳。」鄭恩道：「咱偏要問你，你若不說，樂子又要打哩。」掌櫃的慌忙答道：「我們這位白吃大王，要吃的是童男童女，不像你這黑吃大王，只會吃些酒肉。所以勸你保全了性命，走你的路罷，休要在此惹禍生非，致有後悔。」鄭恩聽罷，心下想道：「這大王要吃童男童女，決定是個妖精，咱何不替這一方除了大害？」（第十四回）

結果，鄭恩果然幫地方上除了此害，那場面當然也是驚心動魄的：

　　聽那風過之時，頃刻天昏地暗，霧起雲生，落下傾盆大雨。這雨降下來，就有一怪，趁那風雨落將下來，兩腳著地，走上階沿，站立窗外，把鼻子連嗅了幾嗅，說聲：「不好，這個生人氣好生利害。」連說了二三聲，往後退走不迭。鄭恩醉眼蒙矓，仔細一看，但見他怎生打扮？……鄭恩看罷，滿心歡喜，暗自想道：「樂子生長多年，整日在家，但聽人說妖怪，不曾見面。今日才得遇著，原來是這等形兒，也算見識見識。」忙伸虎手，輕輕的把窗撐開，提了棗木棍，躥將出來，大吼一聲：「驢球入的，你是什麼妖精，敢在這裡害人？樂子特來拿你哩。」兩手舉棍，劈頭打下。那怪不曾提防，

措手不及，說聲：「不好！」忙用手中金如意火速交還。兩個殺在庭中，戰在廟內，這一場爭鬥，倒也利害。……當下一人一怪，戰有二三十個回合，那怪本事低微，招架不住，轉身就走。鄭恩那裡肯捨？疾忙趕上前去，說聲：「你往哪裏走？今日遇著了樂子，休想再活。」說時遲，雙手舉起了棗木棍，把小眼兒看得親切；那時快，只見用力打下，啪的一聲響，正中在八叉金冠，打得那怪火星亂迸，立身不住，撲通一交，倒在塵埃。鄭恩見他倒了，趁熱兒火速用情，又是兩棍，只打得腦漿迸裂，登時氣絕，就把原形現出，月影之下，看得明白，乃是一個八叉角梅花點的大鹿，這金如意就是口內含的靈芝瑞草。（第十五回）

至於《反唐演義全傳》中的相近描寫，則可謂是上述故事的變體。書中薛蛟、薛葵所降服的精怪雖然也吃童男童女，不是動物或植物變幻而成，而是另一種怪異，且先看故事後再作評議：「這村東有座花豹山，山上有座四神祠，內有四位神道，一名白龍大王，一名大頭大王，一名銀靈將軍，一名烏顯將軍，十分靈驗。年年本月十三日，用童男二個、童女二個前去祭他，他若吃了，這村中一年平安，田禾豐收；如不去祭他，便家家生病，田禾不收，所以年年去祭他。」這裡的精怪居然有四個，當然，獻祭的童男童女也就必須兩雙了。

那麼，這些精怪究竟是什麼玩意兒呢？且看：「二人遂又藏在神后，直等到有三更時候，忽聽怪風從空而起，刮的滿山樹木亂響。二人望廟外一看，只見來了四個妖怪，一個尖頭細身，高一丈二尺，一個身長三尺，生兩頭，頭大如斗，一個白面有毛，一個黑如煙煤，四個一齊搶進廟來。弟兄二個從神后轉出，跳將下來，大喝一聲：『妖怪，哪走！』四個妖怪一見二人，認得是主人，都現了原形，伏於地上。」（第六十三回）

後來，這些精怪都變成了薛家兄弟的武器和坐騎。關於妖精變兵備的問題，屬於另一母題，我們後面再講。值得我們注意的是，像《後三國石珠演義》《飛龍全傳》《反唐演義全傳》這些作品中英雄降服吞噬童男童女精怪的情節都是從《西遊記》中模仿過來的，但又都是無法與《西遊記》相提並論的。個中原因，主要是缺乏創造性，而不像《西遊記》對待《搜神記》那樣，有另闢蹊徑、推陳出新之妙。由此亦可見得，求新求變乃是小說創作的生命線。

倒楣的涇河龍家族與涇渭清濁

在中國古代小說中，有一個多次出現的神話人物形象——涇河龍。然而，這位神靈及其家屬，在更多的時候往往展示給世人的卻是一個又一個醜惡面目。

唐人李朝威的傳奇小說《柳毅傳》，寫涇河龍一家都不是什麼好東西。下第舉子柳毅在涇陽聽到一位可憐的牧羊女的哭訴：「妾，洞庭龍君小女也。父母配嫁涇川次子，而夫婿樂逸，為婢僕所惑，日以厭薄。既而將訴於舅姑，舅姑愛其子，不能御。迨訴頻切，又得罪舅姑。舅姑毀黜以至此。」作為長輩的涇河龍夫婦，因為溺愛自己的兒子，竟然包庇兒子的惡行，對兒子虐待媳婦的行為在管教不力的前提下聽之任之。更有甚者，當兒媳多說了幾次以後，竟然將那弱女子趕到河邊牧羊，使美麗的龍女變得「蛾臉不舒，巾袖無光」。這樣的公婆、丈夫，在封建時代雖說屢見不鮮，但無論如何，在善良人的心目中，他們總是反面形象。

這位涇河龍到了民間傳說之中，變得更不像話了。在殘本《永樂大典》第一萬三千一百三十九卷「送」字韻「夢」字類中，有一個「夢斬涇河龍」的故事。說長安城有一位賣卦先生袁守成，以其神算幫助打魚人收穫頗豐。此事觸怒涇河龍王，他扮作白衣秀士去問袁守成何時下雨以及雨量大小，袁守成一一作答。龍王不信，兩人賭銀五十兩。回龍宮後，黃巾力士傳玉帝旨意，令涇河龍王降雨，時間、雨量都同於袁守成所言。涇河龍王不願輸給袁守成，故意錯過時間，少下雨點。隨後涇河老龍又變成白衣秀士，向袁守成索要紋銀五十兩。袁守成說他觸犯天條，將有死罪。龍王無奈，只好求計於袁。袁守成指示他去求唐王，因為斬涇河龍者乃是唐王手下的丞相魏徵。唐王答應幫

助老龍，到規定的時間「午時」邀魏徵下棋。不料魏徵在下棋過程中於近午之時突然閉目不動，直至「未時」方醒。原來於睡夢之中魏徵已將涇河老龍斬首。

這則故事中的涇河龍形象是很不光彩的，請看作者描寫他的一些詞句：「龍王聞之大怒」。「龍王當時大怒，對先生變出真相，霎時間：黃河摧兩岸，華嶽振三峰。威雄驚萬里，風雨噴長空。」一派盛氣凌人的樣子，而當袁守成告訴他「剮龍臺上難免一刀」時，他又「大驚悔過，復變為秀士，跪下告先生」。一派可憐蟲的嘴臉。這樣一個涇河龍的形象，是很不討人喜愛的。

《西遊記》在基本按照上述故事情節寫成了「袁守誠妙算無私曲，老龍王拙計犯天條」一回書的同時，又寫涇河老龍的第九個兒子鼉龍在黑水河興風作浪，將唐僧擒去，並發請貼邀請二舅父西海龍王敖順來共食長生不老肉。幸虧孫悟空找到西海龍王，才平息了這場禍端。值得注意的是，這條小孽龍的混帳之處較之他的父親有過之而無不及，請看他二舅敖順的介紹：「那廝是舍妹第九個兒子。因妹夫錯行了風雨，剋減了雨數，被天曹降旨，著人曹官魏徵丞相，夢裏斬了。舍妹無處安身，是小龍帶他到此，恩養成人。前年不幸，舍妹疾故，惟他無方居住，我著他在黑水河養性修真，不期他作此惡孽。」（第四十三回）

然而，這只是西海龍王的一面之詞，同樣的事情，到了受害人黑水河河神口中，所說的則完全是另一種情形。請看這段描寫：「那老人磕頭滴淚道：『大聖，我不是妖邪，我是這河內真神。那妖精舊年五月間，從西洋海趁大潮來於此處，就與小神交鬥。奈我年邁身衰，敵他不過，把我坐的那衡陽峪黑水河神府，就占奪去住了，又傷了我許多水族。我卻沒奈何，徑往海內告他。原來西海龍王是他的母舅，不准我的狀子，教我讓與他住。我欲啟奏上天，奈何神微職小，不能得見玉帝。』」（同上）

這樣一條孽龍，與人間那種倚仗權勢欺壓善良的花花太歲有什麼兩樣？

在不同的「小說家言」中，為什麼涇河龍王一家都是這麼渾蛋惡濁呢？究其原因，恐怕與中國古代一個傳統的說法——渭清涇濁有關。

中國有個成語「涇渭分明」，那麼，涇河與渭水孰清孰濁呢？其實，「渭清涇濁」和「涇清渭濁」這兩種說法都有，只不過前者佔了統治地位而已。

宋·毛晃《禹貢指南》卷二云：「涇水。渭清涇濁。漢《溝洫志》：『涇水一石，其泥數斗。』」可見，涇水是何等混濁，無怪乎小說家們每寫到混帳的

龍王就要將其與涇河掛鉤了。

不僅對龍王如此，涇渭分明甚至成為所有人的人格分水嶺。有人這樣說：「渭清涇濁，君子存鑒別之思焉。」(《甘肅通志》卷四十八)

還有人將這種觀念引入詩歌寫作之中。宋‧韓淲《書懷》云：「老身閒淡復何求，常喜禪門舉話頭。試問紅塵未歸客，渭清涇濁肯同流？」(《澗泉集》卷十六)

然而，這種「渭清涇濁」的說法，卻遭到了乾隆皇帝的懷疑和反對。更有意思的是，這位萬歲爺尚非僅僅心血來潮，懷疑否定一陣而已。為了搞清楚問題，他甚至動用手上的權力，派了當時的陝西省「省長」秦承恩進行實地考察，並得到了令皇帝滿意的結果。

在陝西巡撫秦承恩的奏章中有這樣一段關鍵的話：

> 臣秦承恩上言，謹查涇水發源甘肅平涼縣笄頭山，東流至長武縣入陝西境，又東至高陵縣入於渭。渭水發源甘肅渭源縣鳥鼠山，東流至隴州入陝西境，又東至高陵縣與涇會。其地即禹貢之渭汭，今名上馬渡。臣遵奉諭旨即馳赴該處，並泝流至長武隴州等處，確加察視。查得涇水一道，約寬一二十丈不等，入陝後並支流一十有四，現在桃汛初過，水勢漸澄，其流與江漢諸川相似。渭水一道，約寬七八十丈不等，入陝後並支流三十有三，現在桃汛雖過，水勢仍渾，其色與黃河不甚相遠。至合流處，則涇水在北，渭水在南，涇清渭濁，一望可辨。(附見乾隆《御製文三集》卷十四)

皇帝一看，高興極了，終於通過行政命令是方式解決了一件具有學術意義的重大問題。於是，乾隆帝大筆一揮，寫下了《涇清渭濁紀實》一文，略謂：「近賦《心鏡詩》，因用《邶風》涇清渭濁事。以詩義觀之，則涇清渭濁也。而朱注則以為渭清涇濁，大失經義。夫以者何因也？涇以渭濁，可知涇本清，而因渭濁。……伊洛以河渾，是伊洛本澄，入黃河而為渾流也。……而朱子則讀書明理，何乃顛倒涇渭之清濁一至此乎？然此非獨朱子誤也。蓋鄭康成箋，本謂涇清渭濁，自唐時始因誤解鄭箋而顛倒其說。……朱子因訛傳訛，後人更不敢議其非。余細繹以字之義，定當為涇之清因渭而濁為是。然余亦不肯遂以為是，爰命陝西巡撫秦承恩身至二河自甘省入陝省之源，辨其清濁。今據具折貼說呈覽，實涇清渭濁。」(同上)

在乾隆皇帝這裡，涇渭二水孰清孰濁的問題從科學的層面上得到了解

決。然而，在小說家那裡，倒楣的涇河龍家族卻永遠和涇水的混濁聯繫在一起了。

這就是歷史，或者說，這就是小說創作的文化土壤，誰也沒有辦法去改變它。

妖精吟詩

　　唐人傳奇中有《東陽夜怪錄》一篇，作者不詳（或謂王洙）。該篇敘彭城客成自盧秀才途經渭南縣，東出縣郭門至東陽驛南三四里處，有一佛廟，廟中有一病僧智高，俗姓安，二人相見寒暄。旋又有盧倚馬、朱中正、敬去文、奚銳金、苗介立以及胃藏瓠、胃藏立兄弟相繼而至，圍坐談詩論文。席間，僧智高、盧倚馬諸人的詩歌被一一吟詠。

　　諸人所吟詩句，因用了一些典故，兼之又未曾說破，故像啞謎一般，頗費猜詳。其實，這一幫文人雅士均乃動物而已，他們的名字和詩句中均隱含著各自的本來面目。

　　僧智高俗姓安，實乃駱駝。駝背雙峰，俗稱肉鞍，故姓安。其詩中寫「雪山」、「流沙千里」、「雙峰」等，均與駱駝有關。

　　盧字倚馬邊為一「驢」字，盧倚馬即一驢也。其詩中「競著鞭」、「河畔草，慰羈情」，均與驢有關。

　　「朱」字的正中乃一「牛」字，朱中正，牛也。其詩中「亂魯」、「遊秦」、「丞相」、「葛盧」四典均與牛相關，而後四句亦寫牛之耕作事。

　　「敬」字去「文」，乃一「苟」字，諧音「狗」，敬去文乃一狗耳。其詩「當時正逐秦丞相」用李斯「牽黃犬」事。

　　奚銳金乃一雞，「奚」為「鷄」字省寫，「銳金」狀其利爪。其詩「舞鏡」、「鶡拳」、「養鬥」、「迎春」、「風雨」「卑棲」等，均為「雞」之典故。

　　苗介立乃一貓也，又名苗十，貓「嗚嗚」叫，似「五五」之數，二五一十，故名。其詩「食肉」、「知黑白」均與貓相關。

　　胃家兄弟，二刺蝟也。其胃兄之詩中「鳥鼠」、「周王」、「子卯」等典，均

用諧音，與「渭」或「蝟」相關。

諸精怪的對話，還在許多地方暗示了對方或自身的自然屬性，此不贅舉。總之是在這些描寫中，他們所具有的文化素質，已掩蓋了他們的動物本性，使他們更像人類的風雅之士。

這樣一種將動物人格化、並且是文人化的描寫，對《西遊記》亦產生了較大的影響。不過，在《西遊記》中，那文雅風流、吟詩作賦的精怪不再是動物，而是植物幻化而成。

且看第六十四回，敘唐僧被一群精怪攝去，而這群精怪除赤身鬼使「青臉獠牙」之外，一個個文質彬彬、溫文爾雅。他們的名號也很高雅，名曰「十八公」、「孤直公」、「凌空子」、「拂雲叟」。後來又到了一位「杏仙」，並率「青衣女童」、「黃衣女童」各二名。四老翁、杏仙與唐僧吟詩，語句高妙。

十八公詩云：「勁節孤高笑木王，靈椿不似我名揚。山空百丈龍蛇影，泉沁千年琥珀香。解與乾坤生氣概，喜因風雨化行藏。衰殘自愧無仙骨，惟有茯苓結壽場。」

孤直公詩曰：「霜姿常喜宿禽王，四絕堂前大器揚。露重珠纓蒙翠蓋，風輕石齒碎寒香。長廊夜靜吟聲細，古殿秋陰淡影藏。元日迎春曾獻壽，老來寄傲在山場。」

凌空子吟道：「梁棟之材近帝王，太清宮外有聲揚。晴軒恍若來青氣，暗壁尋常度翠香。壯節凜然千古秀，深根結矣九泉藏。凌雲勢蓋婆娑影，不在群芳豔麗場。」

拂雲叟不禁也來了八句：「淇澳園中樂聖王，渭川千畝任分揚。翠筠不染湘娥淚，斑籜堪傳漢史香。霜葉自來顏不改，煙梢從此色何藏？子猷去世知音少，亙古留名翰墨場。」

遲到的杏仙亦朗吟道：「上蓋留名漢武王，周時孔子立壇場。董仙愛我成林積，孫楚曾憐寒食香。雨潤紅姿嬌且嫩，煙籠翠色顯還藏。自知過熟微酸意，落處年年伴麥場。」

與《東陽夜怪錄》一樣，這四公一仙等均乃精怪幻化。請看孫悟空一一說破：「十八公乃松樹，孤直公乃柏樹，凌空子乃檜樹，拂雲叟乃竹竿，赤身鬼乃楓樹，杏仙乃杏樹，女童即丹桂、臘梅也。」讀到這裡，再聯繫他們所做的詩及其名號，難道不與他們各自的自然生物屬性十分相似嗎？這種表現方法，與《東陽夜怪錄》如出一轍，所區別者，乃在一寫動物，一寫植

物耳。

另外，《東陽夜怪錄》中眾精怪的詩歌顯得古奧、晦澀一些，而《西遊記》中妖精們的作品則更為通俗、明朗。然而，如果連這點區別都沒有，《西遊記》的作者還算在「創作」嗎？

除上所述，二書還有區別。《東陽夜怪錄》眾精怪之詩會乃為寺鐘撞破，成自虛翌日雖一一識穿諸精怪，然並無相害之意。而《西遊記》則寫眾精怪欲以杏仙嫁唐僧，正在拉拉扯扯之際，為孫悟空兄弟撞破，且在一一識穿眾精怪後，被豬八戒「不論好歹，一頓釘耙，三五長嘴，連拱帶築，把兩顆臘梅、丹桂、老杏、楓楊俱揮倒在地。」「那呆子索性一頓耙，將松、柏、檜、竹一齊皆築倒」。

之所以有如此區別，乃在於《東陽夜怪錄》只是「傳奇錄怪」而已，而《西遊記》則具有一種「除惡務盡」的內在精神。誠如書中所寫，當唐僧看到那些妖精被築，「果然那根下俱鮮血淋漓」時，扯住豬八戒叫道：「悟能，不可傷了他！」而孫悟空卻說：「師父不可惜他，恐日後成了大怪，害人不淺也。」

唐三藏是錯誤的仁慈，孫悟空是正確的殘忍。

老虎回家屁股先進洞，誰說的？

　　在《水滸傳》中，不少英雄人物與「虎」有不解之緣。有的綽號中帶有「虎」字，如「插翅虎」「錦毛虎」「矮腳虎」「跳澗虎」「花項虎」「中箭虎」「笑面虎」「青眼虎」等等，還有與「虎」相關的如「病大蟲」「母大蟲」「打虎將」云云。與虎對抗的也不少，武松打虎、李逵殺虎、「二解」捕虎，都是很精彩的故事。而其中有一個情節，卻令人感到分外新鮮有趣，那就是在李逵殺虎一節中描寫老虎回家居然是屁股先進洞！這樣，就給黑旋風以可乘之機，十分順利地殺死了這只倒楣的老虎。請看《水滸傳》中的描寫：「那母大蟲到洞口，先把尾去窩裏一剪，便把後半截身軀坐將入去。李逵在窩內看得仔細，把刀朝母大蟲尾底下，盡平生氣力，捨命一戳，正中那母大蟲糞門，李逵使得力重，和那把刀靶也直送入肚裏去了。那老大蟲吼了一聲，就洞口帶著刀，跳過澗邊去了。」（第四十三回）

　　讀了這一段富有傳奇色彩的故事以後，人們在新奇興奮之餘，會自然而然地想到一個問題：老虎回家屁股先進洞，施耐庵是怎麼知道的？如果不是他親眼所見，這種寫法又是從哪裏借鑒過來的？筆者以為，施耐庵恐怕沒有親手殺死過老虎，這種寫法一定淵源有自。

　　在宋人洪邁的《夷堅甲志》卷第十四中，有一篇《舒民殺四虎》。舒州一女子被老虎銜去，其夫攜刀獨探虎穴，殺死老虎，奪回妻子的遺體。這位復仇男兒對鄉親們講述了自己殺虎的過程：「初尋跡至穴，虎牝牡皆不在。有二子戲岩竇下，即殺之，而隱其中以俟。少頃，望牝者銜一人至，倒身入穴，不知人藏其中也。吾即持尾，斷其一足。虎棄所銜人，踉蹌而竄。徐出視之，果吾妻也，死矣。虎曳足行數十步，墮澗中。吾復入竇伺牡者。俄咆哮而至，亦

以尾先入，又如前法殺之。妻冤已報，無憾矣。」

如此看來，洪邁極有可能是施耐庵的「師傅」。但情況並非如此，《夷堅志》中的這段描寫還不是老虎回家屁股先進洞的最早源頭。讀讀《太平廣記》，在該書卷 428 錄有《廣異記》中的《勤自勵》一篇，實乃《夷堅志》之先聲。該篇敘勤自勵當兵十年未歸，其妻被岳父母逼迫改嫁。就在妻子再嫁的那一天，勤自勵恰好趕回家。得知這個消息後，他仗劍趕往岳父家論理。路上，碰到傾盆大雨，勤自勵只好躲到路邊的一個大樹洞裏。不久，有一隻老虎將一件東西丟進洞中，然後離去。勤自勵仔細一看，原來竟是自己的妻子。當夫妻二人正在抱頭痛哭、訴說離情時，老虎突然又回來了。於是，發生了下面精彩的一幕：「頃之，虎至。初大吼叫，然後倒身入孔。自勵以劍揮之，虎腰中斷。恐又有虎，故未敢出。尋而，月明，後果一虎至。見其偶斃，吼叫愈甚。自爾復倒入，又為自勵所殺。乃負妻還家，今尚無恙。」

非常清楚，《水滸傳》中李逵殺虎的那段描寫，當來自《夷堅志》。而《夷堅志》中的相關描寫，又是從《勤自勵》中發展演變而成的。只不過《水滸傳》中的描寫較之《夷堅志》和《廣異記》的描寫更為細膩、也更為精彩一些而已。至於《廣異記》的作者戴孚是怎麼知道老虎回家屁股先進洞的，筆者就不得而知之了，有待於來日繼續查考吧。

有趣的是，勤自勵的故事不僅暗暗地影響了《水滸傳》中的李逵殺虎，而且還明確地發展成為一篇擬話本小說作品——《醒世恒言》之《大樹坡義虎送親》。不過，那再也不是一個「殺虎」的故事，而是一個「虎媒」的傳說，是對「善有善報」的表彰和鼓吹。對此，專家們多有論述，故而不再贅言。

諸多精怪之來歷

　　《西遊記》的作者對諸多次要精怪形象的塑造，常常取材於前代小說，尤以唐人傳奇為多。

　　且看一例：《西遊記》第十三回寫唐僧遇到三個妖精，將其隨從吃掉。這三個妖精的模樣，在事後唐僧對化作老者的太白金星回憶此事時說得很清楚：「貧僧雞鳴時，出河州衛界，不料起得早了，冒霜撥露，忽失落此地，見一魔王，凶頑太甚，將貧僧與二從者綁了。又見一條黑漢，稱是熊山君；一條胖漢，稱是特處士；走進來，稱那魔王是寅將軍。他三個把我的從者吃了，天光才散。」而老叟則明確告訴唐僧：「處士者是個野牛精，山君者是個熊羆精，寅將軍者是個老虎精。」

　　這段描寫，直接源自唐人戴孚《廣異記》中之《張鋌》篇。該篇云：「吳郡張鋌，成都人。開元中，以盧渙尉罷秩調選，不得補於有司，遂歸蜀。行次巴西，會日暮」，被所謂「巴西侯」遣人請去。隨後，他見到了「衣褐革之裘，貌極異」的巴西侯及其眾賓客。這些賓客有：「六人皆黑衣」的六雄將軍，「衣錦衣，戴白冠」的白額侯，「衣蒼」的滄浪君，「被斑文衣，似白額侯而稍小」的五豹將軍，「衣褐衣，首有三角」的鉅鹿侯，「衣黑，狀類滄浪君」的玄丘校尉，最後，又來一卜者，「被黑衣，頸長而身甚廣」，自稱「洞玄先生」。當夜，於酒筵間，白額侯曾戲對張鋌說：「君之軀可以飽我腹。」而巴西侯又殺洞玄先生，然後眾怪酣飲盡醉。翌日天將曉時，張鋌醒來，「見己身臥於大石龕中，其中設繡帷，旁列珠璣犀象。有一巨猿狀如人，醉臥於地，蓋所謂巴西侯也。又見巨熊（筆者按：應該是六隻）臥於前者，蓋所謂六雄將軍也。又一虎頂白，亦臥於前，所謂白額侯也。又一狼，所謂滄浪君也。又有文豹，所謂五豹

將軍也。又一鉅鹿、一狐，皆臥於前，蓋所謂鉅鹿侯、玄丘校尉也，而皆冥然若醉狀。又一龜，形甚異，死於龕前，乃向所殺之洞玄先生也。」結果呢？張鋌馳告里中人，里人數百圍殲眾獸。

　　將《西遊記》第十三回的片斷與《張鋌》篇相比，因襲痕跡宛然。其共同之處是：人遇眾怪，險些被吃（或隨從被吃），而這些精怪均作人形，但又帶有動物自然屬性的特徵。並且，他們的名字，也如同謎語一般，暗示他們的身份、原形。所不同者，《西遊記》中只是突出唐僧「初出長安第一場苦難」，故而未寫三個精怪被消滅的過程；《張鋌》篇則是為了「傳奇」，故而必須交待這些精怪的下場。但無論如何，《西遊記》借鑒、學習了唐傳奇，卻是不容置疑的。

鬥法、賭賽與犯天條

　　孫悟空的很多本領，都來自「前人」。例如，他的筋斗雲，他的絕食法，他的隱身術，他的分身術，便都是源自唐代話本《葉淨能詩》中對葉淨能的描寫：「一旦意欲遊行，心士只在須臾。日行三萬五萬里，若不湌，動經三十五十日；要湌，頓可食六七十料不足。或即隱身沒影，即便化作一百個人。」有了這些基本功，孫大聖就可以大膽地與別人鬥法、賭賽了。

　　《西遊記》中多次描寫「鬥法」，其中最著名的如「小聖施威降大聖」中二郎神與猴王賭變化、如「車遲國猴王顯法」和「心猿顯聖滅諸邪」中孫悟空與虎力、鹿力、羊力三妖鬥法。這樣一些描寫，亦來自民間關於僧道仙妖鬥法的故事，如《大唐三藏取經詩話》中就多有述寫，聊舉兩例：

　　　　猴行者一去數里借問，見有一人家，魚舟繫樹，門掛蓑衣。然小行者被他做法，變作一個驢兒，弔在廳前。驢兒見猴行者來，非常叫喚。猴行者便問主人：「我小行者買菜從何去也？」主人曰：「今早有小行者到此，被我變作驢兒，見在此中。」猴行者當下怒發，卻將主人家新婦，年方二八，美貌過人，行動輕盈，西施難比，被猴行者做法，化此新婦作一束青草，放在驢子口伴。主人曰：「我新婦何處去也？」猴行者曰：「驢子口邊青草一束，便是你家新婦。」主人曰：「然你也會邪法？我將為無人會使此法。今告師兄，放還我家新婦。」猴行者曰：「你且放還我小行者。」主人噀水一口，驢子便成行者。猴行者噀水一口，青草化成新婦。（過獅子林及樹人國第五）

　　　　婦人聞語，張口大叫一聲，忽然面皮裂皺，露爪張牙，擺尾搖

頭，身長丈五。定醒之中，滿山都是白虎。被猴行者將金鐶杖變作一個夜叉，頭點天，腳踏地，手把降魔杵，身如藍靛青，髮似朱沙，口吐百丈火光。當時白虎精哮吼近前相敵，被猴行者戰退。半時，遂問虎精：「甘伏未伏？」虎精曰：「未伏！」猴行者曰：「汝若未伏，看你肚中有一個老獼猴！」虎精聞說，當下未伏。一叫獼猴，獼猴在白虎精肚內應。遂教虎開口，吐出一個獼猴，頓在面前，身長丈二，兩眼火光。白虎精又云：「我未伏！」猴行者曰：「汝肚內更有一個！」再令開口，又吐出一個，頓在面前。白虎精又曰：「未伏！」猴行者曰：「你肚中無千無萬個老獼猴，今日吐至來日，今月吐至來月，今年吐至來年，今生吐至來生，也不盡。」白虎精聞語，心生忿怒。被猴行者化一團大石，在肚內漸漸會大。教虎精吐出，開口吐之不得；只見肚皮裂破，七孔流血。（過長坑大蛇嶺處第六）

上引第二段猴子鑽進妖精肚子裏的戰術，在《西遊記》中被發揮得淋漓盡致，孫悟空可謂一而再再而三地運用這種戰術。如第五十九回對付鐵扇公主、第六十六回對付黃眉大王、第六十七回對付長蛇精、第七十五回對付青獅精、第八十二回對付老鼠精等等，都是運用的這種出奇制勝的辦法。有了這樣一些描寫，使得《西遊記》更加妙趣橫生、興味盎然。因為，這樣一些描寫，除了具有神話意味而外，還有幾分童話趣味。

至於那種將人「噀」成其他動植物的描寫，其來源更早，唐人傳奇小說中就初露端倪。

薛用弱《集異記·茅安道》中寫道士茅安道為救二徒，施展法術，「欣然遽就公之硯水飲之，而噀二子，當時化為雙黑鼠，亂走於庭前。安道奮迅，忽變為巨鳶，每足攫一鼠，衝飛而去。」這段故事在《西湖二集·韓晉公人奩兩贈》中又被周清源翻譯成了地道的白話小說片斷：「茅安道就走到韓公案前，把硯池中水一齊吸了，向二子一噴，二子便登時脫了枷鎖變成兩個大老鼠在階前東西亂跑。茅安道把身子一聳，變成一隻大餓老鷹，每一隻爪抓了一個老鼠，飛入雲中而去，竟不知去向。」

更有意味的是，這一段故事中道士又化為巨鳥的描寫，在《西遊記》中孫行者也表演過多次。一次是在車遲國，當鹿力大仙剖腹剜心與孫悟空賭法力時，「行者即拔一根毫毛，吹口仙氣，叫『變！』即變著一隻餓鷹，展開翅

爪，嗖的把他五臟心肝，盡情抓去，不知飛向何方受用。」（第四十六回）此處雖非行者所變，然其毫毛乃他身上「克隆」之物，與他親身所變也差不多。下面再看孫行者親自變成大鳥二例：

一例是在濯垢泉，當蜘蛛精七姐妹洗澡時，只見：「好大聖，捏著訣，念個咒，搖身一變，變作一個餓老鷹。……呼的一翅，飛向前，輪開利爪，把他那衣架上搭的七套衣服，盡情雕去。」（第七十二回）

另一例是在無底洞，當女妖耗子精向唐僧求愛獻酒時，孫悟空變作小蟲鑽入酒杯，妖精見是隻蟲兒，用小指挑起，往下一彈時，「行者見事不諧，料難入他腹，既變做個餓老鷹。……飛起來，輪開玉爪，響一聲掀翻桌席，把些素果素菜，盤碟家火，盡皆摔碎，撇卻唐僧，飛將出去。」（第八十二回）

由此可見，《西遊記》中的孫悟空雖多次變成大鳥——鷹，但其淵源卻在唐人小說《茅安道》中道士所變之巨鳶。

《西遊記》中還有一個很精彩片斷，即第六回的「小聖施威降大聖」，而其中最令人眼花繚亂的則是二郎神與美猴王賭變化一段。請看：大聖變作麻雀，二郎就變作餓鷹兒；大聖變作大鶿老，二郎又變成大海鶴；大聖變作魚兒，二郎即變作魚鷹兒；大聖變作小蛇，二郎又變作灰鶴……。

這一場變化比賽，既充滿童心童趣，又體現了一物降一物的哲理，其審美效果可謂雅俗共賞、老少皆宜。然就其淵源，仍在唐人傳奇小說中。且看無名氏《女仙傳·樊夫人》一篇中的描寫：樊夫人與其丈夫劉綱鬥法戲耍，「庭中兩株桃，夫妻各咒一株，使相鬥擊。良久，綱所咒者不如，數走出籬外。綱唾盤中，即成鯉魚，夫人唾盤中，成獺，食魚。」

兩相比較，《樊夫人》描寫單調，《西遊記》描寫繁複。然而，細膩的描摹正來自那簡明的勾勒，《西遊記》這一段變化比賽，正是從《樊夫人》篇中借鑒並發揚廣大的。

盡人皆知，《西遊記》第九回有一段「老龍王拙計犯天條」的故事，我們在前面已經作過介紹。（參見《倒楣的涇河龍家族與涇渭清濁》一節）據載，這一段材料來自《永樂大典》中「魏徵夢斬涇河龍」條目。有關專家因此推斷《西遊記》作者曾參考《永樂大典》所引用的某部「西遊記話本」。這種推斷的可能性是存在的，但因材料缺乏，終不能論定，令人遺憾。

有趣的是，在唐代杜光庭《神仙感遇傳·釋玄照》一篇中，卻寫了一個與此內容相同而立意相反的故事。該篇敘釋玄照修道於嵩山，講法華經以利

於人，時有三叟虛心聽講。忽一日，三叟對玄照說：「弟子龍也，……得聞法力，無以為報，或長老指使，願效微力。」玄照因當地大旱，令三龍「可致甘澤，以救生靈」。三叟謂雨可下，但犯天條，須求一人救之，此人乃「少室山孫思邈處士」。玄照乃先代為求之，孫思邈慨然允諾。後來，三龍降雨，果犯天條，遂化為三獺，遁入孫思邈宅後沼池之中，為天神以赤索繫之出。孫思邈自承其責，並委婉求情。因孫思邈以醫術救人無數，「道高德重」、「名已籍於帝宮」，故天神遂「解而釋之，攜索而去。」

　　將此兩段故事稍作對讀，便可見得《西遊記》中「老龍王拙計犯天條」是對《釋玄照》情節的反其意而用之。二處均寫龍王行雨犯天條，然涇河龍為一己之私忿，境界極低；而三老叟卻為一方黎民造福，境界頗高。故而其結局迥異，涇河龍求人主救之而不果，三老叟求醫者相助而成功。這立意相反而內容相同的故事，又一次證明了《西遊記》對唐人傳奇小說的借鑒。

最「貼身」的兵器

　　《飛龍全傳》第七回寫趙匡胤的岳父張員外與其分手時，贈給「東床阿
坦」一樣寶貝，這位泰山大人說道：「賢婿，當日有位仙長雲遊到此，與老朽
化齋，因老朽生平最敬的僧、道二種，為此盛設相待。他臨去之時，賜我這件
無價至寶，為贈答之物，名曰神煞棍棒。老朽不知就裏，細問根由。他說此寶
乃仙家製煉，非同凡品，必須非常之人，方可得此非常之物。凡是無事之時，
束在腰間，是一條帶子。若遇了衝鋒之際，解落他來，只消口內念聲『黃龍舒
展』，順手兒迎風一縱，這帶就變成了一條棍棒。拿在手中，輕如鴻毛；打在
人身，重若泰山。憑你刀槍劍戟，俱不能傷害其身。若遇了邪術妖法，有了此
寶防護，便可心神不亂，勘滅妖邪。如不用時，口中念那『神棍歸原』四個
字，將手一抖，那棍依然是條帶子。真的運用如神，變化莫測。」

　　看到這樣一件「如意」的貼身兵器，使人自然而然想起《西遊記》中孫
悟空的「如意金箍棒」。那件寶物可是比趙匡胤的「神煞棍棒」更為得心應手，
也更加富於變化。且看書中對金箍棒的描寫：

　　　悟空滿面春風，高登寶座，將鐵棒豎在當中。那些猴不知好歹，
都來拿那寶貝，卻便似蜻蜓撼鐵樹，分毫也不能禁動，一個個咬指
伸舌道：「爺爺呀！這般重，虧你怎的拿來也！」悟空近前，舒開手，
一把摑起，對眾笑道：「物各有主。這寶貝鎮於海藏中，也不知幾千
百年，可可的今歲放光。龍王只認做是塊黑鐵，又喚做天河鎮底神
珍。那廝每都扛抬不動，請我親去拿之。那時此寶有二丈多長，斗
來粗細；被我摑他一把，意思嫌大，他就小了許多；再教小些，他
又小了許多；再教小些，他又小了許多；急對天光看處，上有一行

字，乃『如意金箍棒，一萬三千五百斤』。你都站開，等我再叫他變
一變著。」他將那寶貝顛在手中，叫：「小，小，小！」即時就小做
一個繡花針兒相似，可以揝在耳躲裏面藏下。眾猴駭然，叫道：「大
王！還拿出來耍耍！」猴王真個去耳躲裏拿出，託放掌上叫：「大，
大，大！」即又大做斗來粗細，二丈長短。（第三回）

通過以上的對比排列，我們可以得出一個毫無疑問的結論：《飛龍全傳》中
的「神煞棍棒」是《西遊記》中的「如意金箍棒」的變種。二者之間至少有
兩大共同點：其一，都能讓寶物的主人隨心所欲地使用；其二，不用時，都
能貼身收藏，使敵人不易察覺，到要用的時候，便可出其不意地拿出來打擊
敵人。

《西遊記》的作者寫出了如此生動活潑的「金箍棒」，但他沒有料到，此
後不久，就有人將「金箍棒」克隆成了「如意杵」，並且明確指出這「如意杵」
乃是「如意棍」（即金箍棒）的兄弟。那故事是這樣寫的：

太子曰：「我龍宮有一鐵杵，叫做如意杵。有一鐵棍，叫做如意
棍。這個杵，這個棍，欲其大，就有屋桷般大，欲其小，只如金針
般小，欲其長，就有三四丈長，欲其短，只是一兩寸短。因此名為
如意。此皆父王的寶貝，那棍兒被孫行者討去，不知那猴子打死了
千千萬萬的妖怪。只有這如意杵兒，未曾使用，今帶在我的身邊，
試把來與許遜弄一弄，他若當抵得住，真有些神通。」孽龍問道：
「這杵是那一代鑄的？」太子道：「這杵是乾坤開闢之時，有一個盤
古王，鑿了那崑崙山幾片棱層石，架了一座的紅爐。砍了廣寒宮一
株婆婆樹，燒了許多的黑炭。取了須彌山幾萬斤的生鐵，用了太陽
宮三昧的真火，叫了那煉石的女媧，煉了七七四十九個日頭。卻命
著雨師灑雨，風伯煽風，太乙護爐，祝融看火，因此上煉得這個杵
兒。要大就大，要小就小，要長就長，要短就短。且此杵有些妙處，
拋在半空之中，一變十，十變百，百變千，千變萬，更會變化哩。」
孽龍問曰：「如今那鐵杵放在那裡？」太子即從耳朵中拿將出來，向
風中幌一幌，就有屋桷般大，幌兩幌，就有竹竿般長。（《警世通言·
旌陽宮鐵樹鎮妖》）

然而，「如意金箍棒」（或者加上他的孿生兄弟如意杵）並非「神煞棍棒」唯一
帶二的祖宗，或者說，他們「父子叔侄」還有更早的「祖上」。

　　唐代裴鉶《傳奇・聶隱娘》一篇中，就寫到了能讓主人隨心所欲使用的兵器，而且這兵器也是貼身收藏的。只不過不像孫悟空、龍王三太子的藏在耳朵下或趙匡胤的繫在腰間，而是藏在更為隱秘的地方，當然也就更令人感到神奇和恐怖。該篇中聶隱娘的師傅老尼對徒弟說：「吾為汝開腦後，藏匕首而無所傷，用即抽之。」

　　將兵器藏在腦後，而且是動過「手術」以後藏在後腦勺的骨肉之中。這真是匪夷所思，令人瞠目結舌的「貼身」收藏。然而，傳奇小說、尤其是晚唐的劍俠小說所需要的就是這麼一個效果。當然，在產生這樣的「傳奇」效果的同時，也就將這種傳奇化的寫法留給了後世，讓效尤者去模仿，去再創造。

　　想像力更為豐富的傳奇化寫法果然出現了，還是那篇《旌陽宮鐵樹鎮妖》，其中居然將「兵器」貼身到「身劍合一」的地步：「又有那蝦兵亂跳，蟹將橫行，一個個身披甲冑，手執鋼叉。蘭公又舉仙眼一看，原來都是蝦蟹之屬，轉不著意了。遂剪下一個中指甲來，約有三寸多長，呵了一口仙氣，念動真言，化作個三尺寶劍。……蘭公將所化寶劍望空擲起，那劍刮喇喇，就似翻身樣子一般，飛入火焰之中，左一衝右一擊，左一挑右一剔，左一砍右一劈，那些孽怪如何當抵得住！」

　　讀了這段絕妙的「指甲化劍」的故事，真讓人感到神奇無比。這大概要算真正「零距離」的「最貼身」的兵器了。

吹牛的藝術

　　人生在世，誰都免不了要吹點牛皮。一輩子沒吹過牛的人不知到底有沒有？如果真有的話，那人一定如同行屍走肉一般，太沒激情、太沒趣味了。尤其是男人，喝了點兒酒會吹牛，在女人面前愛吹牛，賺了點錢也吹牛，與人鬥氣時更是牛氣衝天。

　　其實，吹牛是一門藝術；或者說，吹牛是很講藝術的。

　　不會吹牛的人，往往把牛皮吹破了，在中國古代小說中有許多這樣的人物。《儒林外史》寫得最「挖神」，其中極愛吹牛而又常常吹破牛皮的就是那位匡超人。僅在第二十回，作者就寫他一再吹牛並將牛吹得「體無完膚」：

> 　　景蘭江問道：「先生，你這教習的官，可是就有得選的麼？」匡超人道：「怎麼不選？像我們這正途出身，考的是內廷教習，每日教的多是勳戚人家子弟。」景蘭江道：「也和平常教書一般的麼？」匡超人道：「不然！不然！我們在裏面也和衙門一般，公座、硃墨、筆、硯，擺的停當。我早上進去，升了公座、那學生們送書上來，我只把那日子用硃筆一點，他就下去了。學生都是蔭襲的三品以上的大人，出來就是督、撫、提、鎮，都在我跟前磕頭。像這國子監的祭酒，是我的老師，他就是現任中堂的兒子，中堂是太老師。前日太老師有病，滿朝問安的官都不見，單只請我進去，坐在床沿上，談了一會出來。」

你看他多大的面子！他的學生畢業後都是大軍區司令員、省長，至少也是個「准將」；他的老師是當時唯一的國立大學校長，而「老師」他爹則是國務院總理。並且，總理大人對「徒孫」匡先生也是獨垂青眼，還請他坐在床沿上嘮

嗑，將滿朝文武大員都晾在門外。

然而，緊接著，當他原先在科考時狼狽為奸的潘三被抓進去託人請他幫忙、或者至少也想見他一面的時候，這麼大面子的匡大人卻連面都不見，更不敢去「賣面子」了。因為他其實沒什麼面子，不過是一個小小的教習而已。但他本身還是很為自己要面子的，就是拒絕別人的時候也忘不了吹牛：

> 匡超人道：「二位先生，這話我不該說，因是知己面前不妨。潘三哥所做的這些事，便是我做地方官，我也是要訪拿他的。如今倒反走進監去看他，難道說朝廷處分的他不是？這就不是做臣子的道理了。況且，我在這裡取結，院裏、司裏都知道的。如今設若走一走，傳的上邊知道，就是小弟一生官場之玷。這個如何行得！可好費你蔣先生的心，多拜上潘三哥，凡事心照。若小弟僥倖，這回去就得個肥美地方，到任一年半載，那時帶幾百銀子來幫襯他，倒不值甚麼。」

如果說，這種吹破牛皮的窘境還有一點「時間差」，並非當場出醜的話。我們不妨再來看看匡超人現場出醜的例子：

> 匡超人道：「我的文名也夠了。自從那年到杭州，至今五六年，考卷、墨卷、房書、行書、名家的稿子，還有《四書講書》、《五經講書》、《古文選本》──家裏有個帳，共是九十五本。弟選的文章，每一回出，書店定要賣掉一萬部，山東、山西、河南、陝西、北直的客人都爭著買，只愁買不到手；還有個拙稿是前年刻的，而今已經翻刻過三副板。不瞞二位先生說，此五省讀書的人，家家隆重的是小弟，都在書案上，香火蠟燭，供著『先儒匡子之神位』。」牛布衣笑道：「先生，你此言誤矣！所謂『先儒』者，乃已經去世之儒者，今先生尚在，何得如此稱呼？」匡超人紅著臉道：「不然！所謂『先儒』者，乃先生之謂也！」牛布衣見他如此說，也不和他辯。

牛皮吹得震天響，把自己吹「死」了都不知道。當別人點破其牛皮時，虧的這位匡大人竟然還「紅著臉」，還有萬分之一的羞恥心。但「萬一」的羞恥畢竟不如「一萬」的無恥，他的臉雖然「紅」著，但嘴上卻還在「雌黃」。這就叫做無恥之尤！

匡超人喜歡吹牛，但缺乏吹牛的藝術。他的牛皮只能騙騙他鄉下的哥和

迂夫子景蘭江之流，連牛布衣這一關都過不去。但在中國古代小說的人物畫廊中，卻有位極會吹牛者。這人的「牛皮」吹得不露痕跡，吹得讓人將其「牛語」當作座右銘。這位「牛皮大師」大家怎麼也想不到是誰，說出來嚇你一大跳，他就是關公關老爺。

關羽斬顏良是《三國志通俗演義》中的重要關目，作者寫關公之威勇可謂神采飛揚，震撼人心：「公奮然上馬，倒提青龍刀，跑下土山，鳳目圓睜，蠶眉直豎，直衝彼陣。河北軍見了，如波開浪裂，分作兩邊，放開一條大路，公飛奔前來。顏良正在麾蓋下，見關公到來，恰欲問之，馬已至近。雲長手起，一刀斬顏良於馬下。中軍眾將，心膽皆碎，拋旗棄鼓而走。雲長忽地下馬，割了顏良頭，拴於馬項之下，飛身上馬，提刀出陣，似入無人之境。」（卷之五《雲長策馬刺顏良》）

關羽的行為，不僅威懾了袁軍，就連曹軍將士都被震撼了。當時，關公縱馬上山，眾將盡皆稱賀。公獻首級於曹操面前。操曰：「將軍神威也！」在這輝煌燦爛的時刻，關公並沒有被勝利衝昏頭腦，而是念念不忘替桃園兄弟宣揚虎威。他趁機將三弟張益德狠狠地吹了一頓：「某何足道哉！吾弟燕人張益德，於百萬軍中取上將之頭，如探囊取物。」以至於曹操大驚，回顧左右曰：「今後如遇燕人張益德，不可輕敵。」令寫於衣袍襟底以記之。

關羽對兄弟的吹噓絕非放空炮，從寫作學的角度說，作者羅貫中在這裡是埋下了伏筆，那麼在什麼地方這一伏筆得到照應了呢？那同樣是一個著名的片斷：「卻說張飛睜圓環眼，隱隱見後軍青羅傘蓋招颭之勢，白旄黃鉞，戈戟旌幢來到，料得是曹操其心生疑，親自來看。張飛厲聲大叫曰：『吾乃燕人張益德在此！誰敢與吾決一死戰？』聲如巨雷。曹軍聞之，盡皆戰慄。曹操急令去其傘蓋，回顧左右曰：『我向曾聞雲長舊日所言，益德於百萬軍中，取上將之首級，如探囊取物耳。』張飛見他去其傘蓋，睜目又叫曰：『吾乃燕人張益德！誰敢與吾決一死戰？』曹操聞之，乃有退去之心。飛見操後軍陣腳挪動，飛挺槍大叫曰：『戰又不戰，退又不退！』說聲未絕，曹操身邊夏侯霸（這個人的名字有問題，本書後面還有專門討論，可參看《死而復活的人》一節）驚得肝膽碎裂，倒撞於馬下。操便回馬，諸軍眾將一齊望西奔走。」（卷之九《張益德據水斷橋》）

只有將這兩次描寫聯繫在一起，我們才能看到關公吹噓乃弟的「效益」；同時，也可領略到羅貫中埋伏、照應的文心。試想，如果沒有關公在白馬坡

前就著斬顏良的餘威對張飛那一番令人心驚膽戰的宣揚，如果沒有曹操聽了關公的吹噓以後令諸將把「今後如遇燕人張益德，不可輕敵」寫於衣袍襟底牢牢記住，當陽橋上的張飛喊破喉嚨也不會有那麼理想的效果的。

當然，吹牛皮是不能太離譜的。譬如關公永遠也不會吹噓劉備「於百萬軍中取上將之頭，如探囊取物」。為什麼？因為那種吹法太離譜，沒有藝術性，純屬胡吹。

關羽的牛皮吹得夠有藝術，夠有水平，也夠有效果了。但是，關某並非「藝術牛皮」的始作俑者，或者說，羅貫中並非在文學作品中創造「藝術牛皮」的第一人。那麼，這榮譽歸於誰呢？看了下面這段描寫，一切就迎刃而解了：「單于聞語，遂度與天使弓箭。㑇虎接得，思微（惟）中間，忽有雙雕，爭食飛來。㑇虎亦見，喜不自勝，祗揖蕃王，當時來射。㑇虎十步地走馬，二十步把臂上撚弓，三十步腰間取箭，四十步搭鬮（括）當弦，拽弓叫圓，五十步翻身倍（背）射，箭既離弦，世（勢）同僻（劈）竹，不東不西，況前雕咽喉中箭，突然而過，況後雕僻（劈）心便著，雙雕齊落馬前。蕃王亦見，一齊唱好。天使接世（勢）便赫：『但㑇虎弓箭少會些些，隨文皇帝有一百二十栺搊射鷰（雁）都盡惣好手。』蕃王聞語，連忙下馬，遙望南朝拜舞，時呼萬歲。」（《韓擒虎話本》）

你看這位韓擒虎將軍，真是智勇雙全，而且極具外交能力。他在蕃王面前表演了神射絕技以後，贏得了一片喝彩之聲。而且，這種喝彩是由衷的。因為番邦中人最講究騎射，誰的馬術、射術高明，定會得到他們發自內心的欽佩。然而，韓擒虎並不滿足於這種對自己一個人的欽佩，他要的是番邦將帥對中華將士「整體性」的心悅誠服。說穿了，這就是一種威懾。我們在讀到這一片斷的時候，不要忘了韓擒虎將軍的身份——天使，亦即天朝使節。他必須維護自己國家的權威和尊嚴。因此，他在一片喝彩聲中並沒有見好就收，而是「接勢便赫」，借著那一股「勢」，對番邦進行了威懾性的吹牛，說像自己這樣的神射手在漢帝身邊就有一百二十人之多。這個牛皮吹出來之後，用不著像關羽吹張飛那樣「今年種樹，明年結果」，而是產生了現場效果：「蕃王聞語，連忙下馬，遙望南朝拜舞，時呼萬歲。」面對如此強大的國勢，你不服不行。所以，與其說這裡的韓擒虎是一個神箭手，還不如說他是一名外交家，出色的外交家。

從關羽吹張飛到韓擒虎吹漢將，可以說是又上了一個檔次。關羽吹張飛

主要是哥們義氣，韓擒虎吹漢將則是國家利益。由此亦可見得，吹牛中間，有很多的道德層次。

回看匡超人的吹牛，只為自己招搖撞騙，而且一味胡吹，其結果只能是當場出醜。關羽、韓擒虎的吹牛，是為了他人、為了集體，而且都是借勢而吹，而且都是拿自己給別人墊背，其結果是取得了極佳的效果。這說明什麼呢？

吹牛不僅有一個「度」的問題，而且有一個「德」的問題，最好還有一個「勢」的問題。

適度、有德、借勢的吹牛，方能成為一門「藝術」。

背棄君王的理論

　　從古到今，想當官的人多還是不想當官的人多？筆者沒有作過統計，也無法統計。但如果將這個問題作為一道智力測試題，去測試一百個各式各樣的人，恐怕有九十九人的答案是「想當官的人多」，剩下一個投棄權票的只能是「白癡」。因為即便是自己不想當官的人，也會認為古往今來總是想當官的人居多。

　　為什麼會這樣？道理其實很簡單：當官的比不當官的具有多得多的好處。記得某高校的校長曾經問該校一位沒有當過官的教授：「為什麼現在的人，讀了博士，評了教授，還一定要當一個處級或高於處級的官？」那位教授回答的就是筆者上面的那句話。可見人同此心，心同此理。

　　然而，當官其實也不容易。現在還稍稍好一點，至少在人前見了上級不用下跪了。至於人後是否下跪甚至做出比下跪更低賤的事，那也是無法考證的。因此，如今再也沒有像陶淵明先生那樣的辭官藉口了——不為五斗米折腰。

　　但陶淵明在官場中實在是太「異類」了。封建時代，官場「正類」光明正大的說法和做法是：忠君報國，勤政愛民。一般說來，前四個字對大官更重要，後四個字對小官更重要。但無論如何，「忠君」是首位的。

　　那麼，在封建時代，作為一個忠臣、尤其是大忠臣，怎麼樣才能做到忠君報國呢？又有一條具體措施以口號的形式提出：文死諫、武死戰。而且，這種口號居然就在古代小說中反覆出現：「至於『節義』兩個字，從君親推到兄弟夫婦朋友的相處，同此一心，理無二致！必是先有了這個心，才有古往今來的無數忠臣烈士的文死諫，武死戰。」（《兒女英雄傳》緣起首回）「且人

生百年，都有一死，只要死得其所。我輩生於承平之世，聖朝無闕，諫書日稀，不必效文臣死諫；邊疆安謐，烽火不驚，不必效武臣死戰。」（《繪芳錄》第五十六回）

以上二例，意思是一樣的，就是贊成和肯定「文死諫、武死戰」這個口號。並且將這個口號看作封建時代正直的士大夫的人生信條、行為準則甚至是神聖追求。不過，前者是從正面說的，後者是從側面說的。前者說古往今來無數忠臣烈士所追求的正在於此，後者說我們雖有如此崇高追求卻沒有機會。然而，早於《兒女英雄傳》和《繪芳錄》兩位作者的曹雪芹在《紅樓夢》中讓賈寶玉說出的一番話，卻將這兩位作者，不！應該說是許許多多的封建正統人士的人生準則、神聖追求徹底解構、完全粉碎了。賈寶玉說：「人誰不死，只要死的好。那些個鬚眉濁物，只知道文死諫，武死戰，這二死是大丈夫死名死節。竟何如不死的好！必定有昏君他方諫，他只顧邀名，猛拚一死，將來棄君於何地！必定有刀兵他方戰，猛拚一死，他只顧圖汗馬之名，將來棄國於何地！所以這皆非正死。」（第三十六回）

我想，歷史上那些文死諫武死戰的忠臣烈士的忠魂毅魄如果聽到賈寶玉代表曹雪芹所發表的這種大逆不道的言論，一定會氣得個「發昏章第十一」的。但是且慢，早在曹雪芹之前，也是在通俗小說之中，還有比「賈氏言論」更為出格的離經叛道之說，那簡直就是對「忠君」理論的徹底顛覆！

這也是一句口號，雖然不同的作品在字句上有細微不同，但基本意思一樣：「君不正，則臣投外國。」且看如下例證：

> 張良訴說已罷，微微冷笑，便道：「我王豈不聞古人云：『君不正，臣投外國；父不正，子奔他鄉。』我王失其政事，不想褒州築壇拜將之時。」（《清平山堂話本·張子房慕道記》）

> 眾將聞言，齊曰：「吾聞『君不正則臣投外國』，今主上輕賢重色，眼見昏亂，不若反出朝歌，自守一國，上可以保宗社，下可保一家。」（《封神演義》第二回）

> 話說飛虎聽得此信，無語沉吟；又見三子哭得酸楚。黃明曰：「兄長不必躊躇。紂王失政，大變人倫。嫂嫂進宮，想必昏君看見嫂嫂姿色，君欺臣妻，此事也是有的。嫂嫂乃是女中丈夫，兄長何等豪傑，嫂嫂守貞潔，為夫名節，為子綱常，故此墜樓而死。黃娘娘見嫂嫂慘死，必定向昏君辯明。紂王溺愛偏向，把娘娘摔下

樓。此事再無他議。長兄不必遲疑。『君不正，臣投外國。』想吾輩南征北討，馬不離鞍，東戰西攻，人不脫甲，若是這等看起來，愧見天下英雄，有何顏立於人世！君既負臣，臣安能長仕其國。吾等反也！」（同上第三十回）

懷德道：「爹爹，自古道：『君不正，臣投外國。』昔日岑彭歸漢，秦叔寶捨魏投唐，古來名將，皆是如此。況今幼主昏德，寵信姦邪，殺戮忠良股肱，還想什麼開基之將，汗馬功勞？請爹爹不必多疑，但自回兵，等待病癒，然後觀其事勢，再為區處。」（《飛龍全傳》第三十二回）

公主說：「父王，你言差矣！古云：君不正，臣逃外國。如今南王乃一反叛偽王，所行殘害好殺，陷害了多少良民，上天必然不祐，焉能成得大業？目視南天王大勢，猶如風前之燭，釜中之魚耳！倘若父王不及早知機，只恐臨時悔之晚矣！」（《五虎平南》第三十二回）

由上可見，那些將軍們之所以要另謀出路，並非一個個都想自立為王。在更多的情況下是君王暴戾，政治腐敗，不僅民不聊生，就是那些官也沒法當下去了。於是「良禽擇木而棲，良臣擇主而事」，他們不得不背棄黑暗，投奔光明。

這種背棄君王的理論，其實並非老百姓百分之百的發明。究其根源，卻是後世芸芸眾生對三位聖賢思想言論的發揚光大。這三位聖賢就是孔子、曾子和孟子。

孟子有言：「君仁，莫不仁；君義，莫不義；君正，莫不正。一正君而國定矣。」（《孟子·離婁上》）

也就是說，君王是全國人民的表率，你「仁」、你「義」、你「正」，全國人民都跟著你「仁」、「義」、「正」，這樣，國家也就「平安無事」。否則，就分崩離析、一塌糊塗。孟子在這裡沒有說在君王不正的前提下，臣民應該怎麼辦。因為那一層意思在孔子、曾子那兒已經有所表達。

曾子亦有言：「上失其道，民散久矣。」（《論語·子張》）

曾子的意思很清楚，統治者不按正道（仁義之類）辦事，民心就長久渙散。那麼在這種情況下志士仁人該怎麼辦呢？且看孔老夫子的回答：「邦有道則仕，邦無道則可卷而懷之。」（《論語·衛靈公》）「道不行，乘桴浮於海。」

（《論語·公冶長》）

這兩句話可以互相補充，其基本含義為：統治者有道（也就是仁、義、正），就出來當官，統治者無道（不仁不義不正），那就辭官不做，將自己的「美好」埋藏在心裏。甚至在萬般無奈的情況下，還可以離開「邦國」，乘著木筏到海外去！

孔、曾、孟都是聖賢，說起話來文質彬彬、含蓄雋永。但老百姓以及百姓們創造的那些將軍可沒有這樣「溫良恭儉讓」，他們需要直截了當地表達自己的思想，疏散自己的鬱結，發洩自己的怨氣。更何況聖人都說「道不行，乘桴浮於海」了，我們為什麼不能「君不正，則臣投外國」呢？人同此心、心同此理嘛！

進而論之，出現這些言論的小說，所描寫的多半都是亂世或末世。因此，作品最後的結果，大都是這些改弦易轍的官員順應歷史潮流，走向光明境地。

其實，「君不正，則臣投外國」的言論除了可以從聖賢那兒找到「理論根據」以外，還有一個特定的「語言環境」，那就是廣大民眾痛恨暴政、嚮往仁政的理想追求。不過，人民將這種理想追求採取一種「變形」的方式，寄託在「當官」的身上得以宣洩而已。

一般說來，人民對「官」還是充滿希望和信任的。

君王無道，大臣尚可以棄之而去；為官無道，百姓可就不只是棄之而去的問題了，恐怕是要昏官滾蛋，甚至滾到另一個世界去！因為人民是土生土長的，他們無路可走！

死而復活的人

　　我們這裡所說的「死而復活」的人，並非如賈雲華、杜麗娘之類還魂者。她們都是作者有意識創造的「復活」形象，在她們身上寄託著作者的理想追求。

　　在中國小說史上，還有一類死而復活者，則基於兩種情況：或為作者粗心大意之所致，或為作品傳抄過程中的錯訛之所致。但無論如何，這些不該復活的人給作品帶來了不小的瑕疵，並且在一定程度上影響了閱讀效果。

　　即如名著《三國志通俗演義》，這種情況也是相當嚴重的。我們先看幾個相關的例證：

　　《三國志通俗演義》卷之九《張益德據水斷橋》一節中寫道：「張飛挺槍大叫曰：『戰又不戰，退又不退！』說聲未絕，曹操身邊夏侯霸驚得肝膽碎裂，倒撞於馬下。」按照此處的描寫，夏侯霸明明死於張飛的大喝之下，但在同一本書的卷二十一《諸葛亮六出祁山》一節中，作者又寫司馬懿向曹叡推薦夏侯霸兄弟：「夏侯淵有四子：長曰夏侯霸，字仲權；次曰夏侯威，字季權；三曰夏侯惠，字雅權；四曰夏侯和，字義權。霸、威二人，弓馬熟閒，武藝精通；惠、和二人，深知韜略，善曉兵機。此四人常欲為父報仇，未遂其志。臣保夏侯霸、夏侯威作左右先鋒，夏侯惠、夏侯和為行軍司馬，共贊軍機，以退蜀兵。」這裡，夏侯霸似乎是死而復活了。

　　那麼，三國時代是否確有夏侯霸其人呢？我們不妨來看看歷史事實。

　　《三國志・魏志》卷九載：「淵妻，太祖內妹。長子衡，尚太祖弟海陽哀侯女，恩寵特隆。衡襲爵，轉封安寧亭侯。黃初中，賜中子霸，太和中，賜霸四弟，爵皆關內侯。霸正始中為討蜀護軍右將軍，進封博昌亭侯，素為曹爽

所厚。聞爽誅，自疑，亡入蜀。」

　　這裡說得很清楚，夏侯霸是夏侯淵之次子，曾受魏封博昌亭侯。後因為曹爽的緣故，投向蜀國。而根據《三國志》裴松之注引《魏略》所載，則夏侯霸不僅與曹操是親戚，而且與劉備也是親戚。且看：

> 魏略曰：霸字仲權。淵為蜀所害，故霸常切齒，欲有報蜀意。黃初中為偏將軍。……霸聞曹爽被誅而玄又徵，以為禍必轉相及，心既內恐；又霸先與雍州刺史郭淮不和，而淮代玄為征西，霸尤不安，故遂奔蜀。南趨陰平而失道，入窮谷中，糧盡，殺馬步行，足破，臥岩石下，使人求道，未知何之。蜀聞之，乃使人迎霸。初，建安五年，時霸從妹年十三四，在本郡，出行樵採，為張飛所得。飛知其良家女，遂以為妻，產息女，為劉禪皇后。故淵之初亡，飛妻請而葬之。及霸入蜀，禪與相見，釋之曰：「卿父自遇害於行間耳，非我先人之手刃也。」指其兒子以示之曰：「此夏侯氏之甥也。」厚加爵寵。

由此可見，《三國志通俗演義》中所寫的兩個夏侯霸，當以後面一個為準。那麼，前面那個夏侯霸又是怎麼一回事呢？多半是抄書者將夏侯家族另外一個人寫成了夏侯霸。其實，早在幾百年前，毛宗崗就已發現這一問題。毛本《三國演義》在第四十二回「張翼德大鬧長阪橋」中寫張飛「乃挺矛又喝道：『戰又不戰，退又不退，卻是何故！』喊聲未絕，曹操身邊夏侯傑驚得肝膽碎裂，倒撞於馬下。」將「夏侯霸」改作「夏侯傑」，就避免了同一人物死而復活的問題，故事情節也就更加合情合理了。當然，這位「夏侯傑」多半是作者或毛氏虛構的次要人物，因為查遍《三國志》及裴注，也沒有看到膽小鬼「夏侯傑」的影子。

　　其實，在《三國志通俗演義》中，像夏侯霸這種「死而復活」的例子並非絕無僅有。如該書卷之十四《曹操杖殺伏皇后》一節中有這樣一段描寫：「操目視天子，作威而出。諫議郎趙儼見曹操出，乃入奏帝曰：『近聞魏公欲自望為王，不久必篡主也！』帝與伏後大哭。早有人報知曹操。操大怒，使武士直入禁宮，擒出趙儼，腰斬於市。」此處明明白白寫趙儼已被曹操殺害，但是到了該書卷第十六《關雲長大戰徐晃》一節中，卻又有這樣的描寫：「卻說曹仁得脫重圍，撫民賞軍，聚集多官商議，便欲起兵追趕關公。司馬趙儼諫曰：『昔日孫權與關公結連，恐我軍乘其困而擊之，故順辭求效，乘釁因變，以

觀利鈍耳。今關公兵敗，孤軍荒走，尚可存之以為孫權之害。公若追未能便得，則孫權改虞於彼，將生患於我也。公熟思之。』仁依諫不追。」這位趙儼又活了過來，只不過身份由諫議郎變成了司馬。

查《三國志・魏志》卷二十三，趙儼有傳，傳中記載了《三國志通俗演義》中描寫他的後一件事：「關羽圍征南將軍曹仁於樊，儼以議郎參仁軍事南行。……羽軍既退，舟船猶據沔水，襄陽隔絕不通，而孫權襲取羽輜重，羽聞之，即走南還。仁會諸將議，咸曰：『今因羽危懼，必可追禽也。』儼曰：『權邀羽連兵之難，欲掩制其後，顧羽還救，恐我承其兩疲，故順辭求效，乘釁因變，以觀利鈍耳。今羽已孤進，更宜存之以為權害。若深入追北，權則改虞於彼，將生患於我矣。王必以此為深慮。』仁乃解嚴。」這裡記載趙儼以「議郎」身份參與曹仁軍事，並力排眾議，提出合理化建議而被曹仁採納。可見，那位「諫議郎」趙儼並沒有被曹操所殺，《三國志通俗演義》卷之十四描寫（或傳抄刻印）有誤。毛宗崗對趙儼「死而復活」的矛盾現象處理更為簡潔，乾脆將兩處描寫全都刪掉。這樣一來，在毛本《三國演義》中趙儼就被「蒸發」了。當然，趙儼的蒸發也就帶來了矛盾的解決，書中再也不存在趙儼死而復活的問題了。

與夏侯霸、趙儼相類似的情況還有一位蜀國的將領馮習，在《三國志通俗演義》中，這位馮將軍居然「死而復活」、「活而又死」。對此，已經有人專門撰文討論，此處就不贅言了。（參看王志堯《智者千慮必有一失——蜀將馮習兩死之虞稽考》一文，載《明清小說研究》2007年第4期）

當然，存在某一個人物「死而復活」現象的小說絕不止《三國志通俗演義》一書，因為有不少中國古代小說作品從創作、傳抄到出版，都會有一些舛訛。這些情況還是僅就一位作家創作一部小說作品的情況而言。如果是兩位作家先後染指一部小說的話，往往會出現更多的錯誤。這方面，偉大的《紅樓夢》也未能幸免。如柳五兒，曹雪芹讓她死了，高鶚又讓她活了過來。還有「紅樓十二官」中的藥官，竟然是曹雪芹自己沒有拿定主意，在第五十八回這一回書裏讓她一會兒活，一會兒死。這方面的情況，也有專家指出，亦不贅言。（參看劉世德《〈紅樓夢〉版本探微》卷下《讀紅脞錄》第七十二節「五兒與芳官」）

至於比章回小說更早的話本小說，這一方面的錯訛也有一些，我們聊舉一例以為證據吧。

　　宋元講史話本有一部《全相平話秦並六國》，中間有個頗為重要的人物——燕國丞相景丹，誰知這位丞相大人也「死而復活」了一把。我們先看他是怎樣死的：

> 燕王登城上，望見秦兵甚眾，驚問景丹丞相曰：「秦兵攻伐本邦，如何？」景丹奏曰：「當初太子不合遣荊軻刺秦王，致有此仇。」燕王問曰：「怎生處置？」景丹曰：「只得將太子斬首，獻上秦將，方得它退兵。」燕王依奏，令景丹齎鴆酒取太子首級。提寶刀至東宮，謂燕丹曰：「吾奉燕王聖旨，將鴆酒賜您死也。」燕丹聞之淚下。景丹斟下藥酒，逼太子服藥，「不行有違父王聖旨。」燕丹謂景丹丞相曰：「咱無罪，因甚賜吾死罪？」景丹曰：「自於二十年，太子不合遣荊軻為刺客刺秦王，今有王翦興兵攻城。只為此上仇恨，是致兵來攻城。以此賜死。」太子再告丞相曰：「多將金寶獻與秦將；丞相可將別首級獻上父王。」景丹不肯，逼太子服藥酒。燕丹走入內宮。景丹隨後便起。太子取劍在手，在屏風後少立。須臾，景丹入來喚太子，被太子一劍斬了。燕丹走在後宮，將丈二紅羅懸樑而死。（卷中）

這裡明明寫景丹「被太子一劍斬了」，但在該書「卷下」，忽然又寫「燕邦細作探聞，回報景丹丞相」。他忽然又活過來了，並且還有一連串的表現。大概，這也是民間藝人在編故事的時候或出版商在付諸棗梨的時候所出現的舛誤。

　　好在中國古代小說這方面的錯誤還不算太多，可見絕大多數作家或出版商還是認真負責的。要不是他們的辛勤努力，這種書中人物「死而復活」的地方就會很多，那我們對這些作品就會不堪卒讀了。大家都不讀這些作品，治中國古代小說的「文化人」豈非都沒有飯吃？因此，我們還真得好好感謝那些敬業的小說作家、編輯和出版者。

極其相似的「遇難呈祥」與
兩位古老的「娘娘」

　　《水滸傳》中宋江被官府追捕，幸得九天玄女搭救的故事來源久遠，早在《宣和遺事》中就有簡略的描寫：「是時鄆城縣官得知，帖巡檢王成領大兵弓手，前去宋公莊上捉宋江。爭奈宋江已走在屋後九天玄女廟裏躲了。那王成根捕不獲，只將宋江的父親擎去。宋江見官兵已退，走出廟來，拜謝玄女娘娘；則見香案上一聲響亮，打一看時，有一卷文書在上。宋江才展開看了，認得是個天書；又寫著三十六個姓名，又題著四句道，詩曰：『破國因山木，兵刀用水工。一朝充將領，海內聳威風。』宋江讀了，口中不就，心下思量：『這四句分明是說了我裏姓名。』又把開天書一卷，仔細看覷。」

　　這一段描寫雖然簡略，但故事的核心部分已經構成。其關鍵詞有：官兵，捉拿，主人公，避難，廟，九天玄女，天書。整個一段描寫又可用四個字概括：遇難呈祥。

　　這一段遇難呈祥的故事，在《水滸傳》中被寫成洋洋數千言的章節，但其間的關鍵詞卻沒有變化。我們不妨對照檢查一番。

　　　　只聽的外面有人道：「多管只走在這廟裏。」宋江聽時，是趙能聲音。急沒躲處。見這殿上一所神廚，宋江揭起帳幔，望裏面探身便鑽入神廚裏。……趙得一隻手將樸刀杆挑起神帳，上下把火只一照，火煙沖將起來，沖下一片屋塵來，正落在趙得上眼裏，眯了眼。便將火把丟在地下，一腳踏滅了，走出殿門外來。……只聽的殿後又捲起一陣怪風，吹的飛砂走石，滾將下來。搖的那殿宇吸吸

地動，罩下一陣黑雲，布合了上下，冷氣侵人，毛髮豎立。趙能情知不好，叫了趙得道：「兄弟快走，神明不樂！」眾人一哄，都奔下殿來，望廟門外跑走。……只說宋江在神廚裏，口稱慚愧道：「雖不被這廝們拿了，卻怎能勾出村口去？」正在廚內尋思，百般無計，只聽的後面廊下有人出來。宋江道：「卻又是苦也！早是不鑽出去。」只見兩個青衣童子，徑到廚邊，舉口道：「小童奉娘娘法旨，請星主說話。」……宋江道：「仙童差矣！我自姓宋名江，不是什麼星主。」……娘娘法旨道：「宋星主！傳汝三卷天書，汝可替天行道：為主全忠仗義，為臣輔國安民。去邪歸正。他日功成果滿，作為上卿。吾有四句天言，汝當記取，終身佩受，勿忘於心，勿泄於世。」……二青衣望下一推，宋江大叫一聲，卻撞在神廚內，覺來乃是南柯一夢。……便探手去廚裏摸了短棒，把衣服拂拭了，一步步走下殿來。便從左廊下轉出廟前，仰面看時，舊牌額上刻著四個金字道：「玄女之廟」。宋江以手加額，稱謝道：「慚愧！原來是九天玄女娘娘，傳受與我三卷天書，又救了我的性命。如若能勾再見天日之面，必當來此重修廟宇，再建殿庭。伏望聖慈，俯垂護祐！」

（第四十二回）

實在是對不起施耐庵先生，因為篇幅所限，他那精彩的四五千字的「還道村受三卷天書，宋公明遇九天玄女」的故事，筆者只能摘其要者而言之省略到十分之一左右。但就基本梗概而言，已經足夠了。上述關鍵詞「官兵，捉拿，主人公，避難，廟，九天玄女，天書」在這裡一個不少，足以說明問題了。

《水滸傳》的作者按照《宣和遺事》中的基本要素將宋江遇九天玄女這種「遇難呈祥」型的故事寫得如此精彩，本來已經沒有多少發揮的餘地了。或者說，已經沒有什麼再創造的必要了。但是，中國古典小說家一個最大的特點就是：能創造就創造，不能創造也沒關係，還可以模仿哩！反正中國古代雖有「剽竊」一說，但從來就不存在知識產權的問題。更何況，去模仿一個古人的作品，是沒有人與你扯皮的，更談不上打官司了。這也正是我們今天維護知識產權的工作如此難做的根本原因之一。祖宗們既然已經有了這個「劣根性」，兒孫們要改也難。除非「脫胎換骨」，動大手術。

閒話少說，還是回到「遇難呈祥」的話題。在《水滸傳》出現二三百年

後，宋江遇九天玄女故事的不折不扣的模仿者還真出現了。這一段文字也有一兩千字，我們還是按照上面的關鍵詞進行「搜索」：

> 走不多遠，只見王潮騎著馬，並馮斗文帶領家丁，手執火把，後面如飛趕來。……徐美祖急急轉過土牆，見一座破廟，用手推開廟門入內，把門閉上，四下一望，並無處可以躲藏，只得爬上供桌，鑽入神帳裏邊，伏在神座背後。……斗文走到神座前，左手舉火把，右手便來揭神帳，唬得徐美祖心驚膽戰。斗文不想一扯，隨手扯落許多灰塵，落在眼內，連忙丟下火把，兩手捧了雙眼，不住的揉擦，口中叫道：「不見，沒有。」走得下殿，被柱一撞，撞破鼻子，鮮血直流。又忽然神座下捲起一陣風，把火把盡行吹滅，震得破廟嘎嘎的響，如要坍下來的一般，地上又飛起石子，照人面打來。……卻說徐美祖在神座背後，見眾人出了廟門，正欲出來，忽聽有人叫道：「徐星主，娘娘有旨，請你相見。」……便道：「我是徐祖美，不是星主。」……娘娘道：「你且平身坐下，我今授你天書一卷，教你行兵佈陣之法，你今先到黃草山，會過薛剛，後佐廬陵王中興天下。」……被童子在背後一推，撲的一聲響，跌下殿來。「呵呀」一聲，卻是從神座內跌將出來。似夢非夢，好生疑惑，把袖一摸，卻有天書在內。此時天時微明，看座上神像，竟與夢中所見無二，又見上面匾額，是「女媧祠」三字，美祖連忙拜謝。（《反唐演義全傳》第二十八回至第二十九回）

這樣一段描寫，與《水滸傳》中的那一段稍作比較就可看出相似之處實在太多。不要說「官兵，捉拿，主人公，避難，廟，九天玄女（換成女媧），天書」這些關鍵詞一個也沒少，就是一些細節描寫也有驚人的相似之處。如宋江或徐祖美躲藏之處都是在「帳幔」「神帳」背後，如官兵的頭目都是被「屋塵」「灰塵」迷了眼，如都有「怪風」「石子」來助威，如主人公都被稱為「星主」，如他們都不知道自己是什麼星主，如請他們去的都是「童子」，而最後將他們猛推一把的也是童子，如他們最終都從夢中醒來，如他們得知自己被誰救了之後都要「稱謝」……，如此等等，不一而足。在被筆者省略掉的文字中，二部書還有不少極其相近的描寫。總而言之，這種模仿真是非常「到位」的。

然而，任何缺乏創新的模仿都不可能超越原著，而只能永遠跟在原著背

後爬行。更多的時候，往往還會流露出模仿者的低能乃至低劣。即如《反唐演義傳》這一段模仿《水滸傳》的文字，在模仿「到位」的同時，還是有較大差距的。旁的不講，就拿兩本書中的「娘娘」而言，後者也是遠遠不如前者的。這倒不是說「女媧娘娘」不如「玄女娘娘」，而是說在選擇哪位娘娘作為造反者的保護神的時候，《水滸傳》的投標比《反唐演義傳》更為準確。

女媧是誰？或者說女媧是什麼？這個問題，每一個華夏兒女都知道個大概，但沒有人能說清楚。然而，有一點卻是華夏兒女的共識：女媧是中國最偉大的女神！

以下材料或說法，可以證明她的偉大：「傳言女媧人頭蛇身，一日七十化。」（《楚辭・天問》王逸注）「媧，古之神聖女，化萬物者也。」（《說文》十二）「於是女媧煉五色石以補蒼天，斷鼇足以立四極，殺黑龍以濟冀州，積蘆灰以止淫水。」（《淮南子・覽冥篇》）「俗說天地開闢，未有人民，女媧摶黃土作人，劇務力不暇供，乃引繩於泥中，舉以為人。」（《太平御覽》卷七十八引《風俗通》）「女媧，伏希之妹。」（《路史・後記二》注引《風俗通》）「女媧本是伏羲婦。」（盧仝《與馬異結交》）「女媧，陰帝，佐慮戲治者也。」（《淮南子・覽冥篇》高誘注）「伏羲鱗身，女媧蛇軀。」（《文選・魯靈光殿賦》）「昔宇宙初開之時，有女媧兄妹二人，在崑崙山，而天下未有人民。議以為夫妻，又自羞恥。兄即與其妹上崑崙山，咒曰：『天若遣我二人為夫妻，而煙悉合；若不，使煙散。』於煙即合。其妹即來就兄，乃結草為扇，以障其面。」（李冗《獨異志》卷下）「女媧鑄祠神祈而為女媒，因置昏姻。」（《路史・後記二》注引《風俗通》）「女媧作笙簧。」（《世本》張澍稡集補注本）「有神十人，名曰女媧之腸，化為神，處栗廣之野。橫道而處。」（《山海經・大荒西經》）

綜上所述，女媧是人類的母性始祖神，她與另一位父性始祖神伏羲（伏希、慮戲）同為蛇種，本是兄妹，後來結為夫婦，並輔佐伏羲治理天下。女媧的功績無邊無垠，她化萬物、補蒼天，創造了世界和人類。甚至連子孫萬代的婚姻她也要管，甚至連樂器都是她發明的，甚至她死去之後，腸子也化作神仙，然後化作縱橫交錯的道路。這樣一位偉大的母親神形象，其實是很久很久以前那母系社會、父系社會、蛇圖騰以及有階級社會以後多種傳說的大匯聚。但是，她一旦集聚為一個文化符號以後，就具有了不可移易的身份、地位、魅力和象徵性——她是中國古代傳說中最為古老同時也至高無上

的女神。

這麼一位中華民族文化圈中全方位覆蓋的神，是不會去「罩住」某一社會階層或者某一政治集團的。因此，《反唐演義傳》讓她去護祐徐美祖等人是不大恰當的。

九天玄女則不同了。她是一位好戰的女神，而且出現的時間比女媧要晚得多。應該是有階級社會的產物。

目前所知最早記載九天玄女的資料，是被收入《全上古三代秦漢三國六朝文》中的一篇文章《黃帝問玄女戰法》，其中寫道：「黃帝與蚩尤九戰九不勝。黃帝歸於太山，三日三夜天霧冥。有一婦人，人首鳥形，黃帝稽首再拜，伏不敢起。婦人曰：『吾玄女也。子欲何問？』黃帝曰：『小子欲萬戰萬勝，萬隱萬匿，首當從何起？』遂得戰法焉。」（《藝文類聚》二，《太平御覽》十五，《事類賦》注二，《路史·後紀》四）

這位玄女究竟告訴了黃帝什麼樣的戰法，文中並沒有詳細介紹，但對玄女的模樣卻透露了一點消息：「人首鳥形」。因此，有的專家認為玄女其實就是玄鳥的幻化。當然，也不是純粹的玄鳥，還要加上一點「女魃」的滲透。因為在更早的神話傳說中，幫助黃帝打敗蚩尤的正是一位女魃。此事在《山海經·大荒北經》中有記載：「有人衣青衣，名曰黃帝女魃。蚩尤作兵伐黃帝，黃帝乃令應龍攻之冀州之野。應龍畜水，蚩尤請風伯雨師，縱大風雨。黃帝乃下天女曰魃，雨止，遂殺蚩尤。」

九天玄女就是玄鳥與女魃相結合的產物。很快，這一人物為道教徒所吸收，成為道教的「鬥戰勝仙」。（套用《西遊記》中孫悟空的最終名頭）

北宋張君房主持編撰的道教類書《雲笈七籤》中，多次涉及九天玄女。在卷一百中，該書基本重複了《黃帝問玄女戰法》的內容，不過有關描寫更為詳細一些而已，尤其是交代了九天玄女傳授給黃帝的兵書：「帝乃戰，未勝，歸太山之阿，慘然而寐。夢見西王母遣道人，披玄狐之衣，以符受帝曰：太一在前，天一在後，得之者勝，戰則克矣。帝覺而思之，未悉其意，即召風後告之。後曰：此天應也，戰必克矣！置壇祈之。帝依以設壇，稽首再拜，果得符，廣三寸，長一尺，青色，以血為文，即佩之。仰天歎所未捷，以精思之，感天大霧，冥冥三日三夜。天降一婦人，人首鳥身，帝見稽首，再拜而伏。婦人曰：『吾玄女也，有疑問之。』帝曰：『蚩尤暴人殘物，小子欲萬戰萬勝也。』玄女教帝《三宮秘略五音權謀陰陽之術》。（兵法謂玄女戰術也。衛公李靖用

九天玄女法是也。又神符，黃帝之符也。《陰陽術》即《六壬太一遁甲運式法》也）玄女傳《陰符經》三百言，帝觀之十旬，討伏蚩尤。授帝《靈寶五符真文》及《兵信符》，帝服佩之，滅蚩尤。」

該書卷一百一十四又有記載，大略相同，但玄女傳授黃帝的兵書又有新的說法：「佩符既畢，王母乃命一婦人，人首鳥身，謂帝曰：我九天玄女也。授帝以三宮、五意、陰陽之略，太一遁甲、六壬步鬥之術，《陰符》之機，《靈寶五符》、《五勝》之文。」

更有意味的是，同樣是該書的卷一百一十四，更有一篇《九天玄女傳》，其中，當然也有那一段幫助黃帝破蚩尤的經典內容以及她傳授給黃帝的若干兵書。因文章較長，只能擇其要者而錄之：「九天玄女者，黃帝之師聖母元君弟子也。……帝師不勝，蚩尤作大霧三日，內外皆迷。風後法鬥機作大車，以杓指南，以正四方。帝用憂憤，齋於太山之下。王母遣使，披玄狐之裘，以符授帝曰：精思告天，必有太上之應。居數日，大霧，冥冥晝晦。玄女降焉，乘丹鳳，御景雲，服九色彩翠之衣，集於帝前。帝再拜受命，玄女曰：吾以太上之教，有疑可問也。帝稽首曰：蚩尤暴橫，毒害蒸黎，四海嗷嗷，莫保性命。欲萬戰萬勝之術，與人除害，可乎？玄女即授帝六甲、六壬兵信之符，《靈寶五符》策使鬼神之書，制襖、通靈五明之印，五陰、五陽遁甲之式，太一、十精、四神勝負握機之圖，五嶽、河圖策精之訣，九光、玉節、十絕、靈幡命魔之劍，霞冠火佩，龍戟霓旗，翠輦綠綒，虯驂虎騎，千花之蓋，八鸞之輿，羽貪、玄竿、虹旌、玉鉞神仙之物，五龍之印，九明之珠。九天之節以為兵信，五色之幡以辨五方。帝遂復率諸侯再戰。……遂滅蚩尤於絕轡之野、中冀之鄉。」

再往後，九天玄女娘娘就成為道教的女性兵家之神聖了。這一形象，便也自然而然地被某些中國古代小說所採納，成為一個具有特殊文化意味的人物形象。

《宣和遺事》以後，寫到九天玄女的最著名的作品便是《水滸傳》。自從該書將玄女娘娘寫成梁山的保護神並取得了相當大的成功以後，九天玄女在中國古代小說中的「出鏡率」就越來越高了。不過，各書中這一形象所代表的文化內涵卻在大體相同的前提下又有些明顯的差異。

有的小說「重複昨天的故事」，將《黃帝問玄女戰法》中的事再說一遍。如：

> 王爺道：「難道沒有甚麼出處？昔日黃帝與蚩龍對敵，九戰不能
> 勝。黃帝歸於泰山，三日三夜，天霧冥冥。有一個婦人，人的頭，
> 鳥的身子。黃帝知其非凡，稽首再拜，伏不敢起。婦人說道：『吾乃
> 九天玄女是也。子欲何問，何不明言？』黃帝說道：『小子欲萬戰萬
> 勝，萬隱萬匿，何術以能之麼？』女人說道：『從霧而戰，萬戰萬勝；
> 從霧而隱，萬隱萬匿。』這豈不是個出處麼？」（《三寶太監西洋記
> 通俗演義》第九十八回）

更多的小說則在昨天故事的基礎上又給九天玄女增添了一些新的光彩，使之
成為百戰百勝的神靈。正如有的作品所言：「九天玄女法多端，要學之時事豁
然；戒得貪嗔淫慾事，分明世上小神仙。」（《三遂平妖傳》第十一回）

具體而言，九天玄女又在如下幾個方面大有作為。

第一，劍術的發明者。中國古代關於劍術的描寫，最早出現在《吳越春
秋》《越絕書》《燕丹子》這樣的作品之中，最早的劍客則是處女、袁公、荊軻
之流。而後代的小說家，卻將「劍術」的專利也歸於九天玄女。請看：

> 程元玉見說，不覺歡喜敬羨。他從小頗看史鑒，曉得有此一種
> 法術，便問道：「聞得劍術，起自唐時，到宋時絕了。故自元朝到國
> 朝，竟不聞有此事。夫人在何處學來的？」十一娘道：「此術非起於
> 唐，亦不絕於宋。自黃帝受兵符於九天玄女，便有此術。」（《拍案
> 驚奇》卷四《程元玉店肆代償錢，十一娘雲崗縱譚俠》）

第二，多種寶貝的擁有者。中國古代小說中描寫神仙鬥法，其中一個重要內
容就是鬥寶。誰的寶貝多，誰的寶貝厲害，誰就會取得最終的勝利。九天玄
女在眾多神仙中，無疑是擁有最多、最好寶貝的人。請看：「原來是個九天玄
女自小兒烘衣服的烘籃兒。九天玄女和那混世魔王大戰於磨竭山上，七日七
夜不分勝負。魔王千變萬化，玄女沒奈他何，拿了這個籃兒把個魔王一罩，
罩住了。……沒有名字，火母神君就安他做個九天玄女罩。」（《三寶太監西
洋記通俗演義》第四十一回）

九天玄女小時候烘衣服的烘籃兒，居然變成了降妖除魔的「九天玄女
罩」。

> 娘娘說：「薛仁貴，你乃大唐一家梁棟，只因此去征東，關關有
> 狠將，寨寨有能人，故而我衝開地穴，等你下來。有麵食三架，被
> 你吃下腹內，乃上界仙食。你如今就有一龍二虎九牛之力，本事高

強，驍勇不過，不夠三年就可以征服。」「……我有五件寶物，你拿去就可以平遼。」（《說唐後傳》第二十四回）

九天玄女娘娘送給薛仁貴的五件寶物是：白虎鞭，震天弓，穿雲箭，水火袍，無字天書。如此寶貝威力無窮，每到緊急時刻就會發生奇特的效用：

> 當年九天玄女娘娘曾對他講，有一口飛刀，發一條箭，如今蓋蘇文發八口起來，仁貴就有箭八條，也難齊射上來。（《說唐後傳》第三十二回）

> 仁貴手忙腳亂。當年九天玄女娘娘曾對他說：「有一口飛刀射一支箭。」前年在魔天嶺失了一支，現只存得四支。如今他連發五口飛刀，就有五支箭，也難齊射上。（《說唐三傳》第十三回）

> 仁貴忽然記起九天玄女娘娘贈的水火袍。他說遇有火災。拿來被在身上，今日虧得帶在身邊，待我取出來，仁貴就往囊中取出袍服，九騎馬堆做一堆，將袍罩住，這是玄女法寶，火就不能著身。（《說唐後傳》第三十七回）

> 薛仁貴算計已定，到了黃昏，打發七員總兵先回營帳，他就把天書香案供奉，三添淨水爐香，拜了二十四拜，取天書一看，上邊顯出二七一十四個字，乃九天玄女所贈。（《說唐後傳》第四十五回）

> 且說樊梨花駕雲來到西南洞離島山，落雲入洞，拜見梨山老母，老母早已曉得樊梨花的來意，便說道：「你要收此龜精，須到鸞鳳山借九天玄女娘娘的八卦陰陽鍾，方可除了此怪。」（《反唐演義全傳》第九十四回）

第三，九天玄女還會擺陣，這也是自古兵家必備之道：

> 詩曰：九天玄女贈兵書，巧擺龍門獨逞奇。考試文才年少將，平遼論內見威儀。（《說唐後傳·第二十六回》）

> 那曉此陣是九天玄女娘娘所設，其中變化多端，幻術無窮。但見黑旗一搖，擁出一層攢箭手，照住蘇文面門四下紛紛亂射。蓋元帥雖有本事，刀法精通，怎禁得亂兵器加身，覺得心慌意亂，實難招架。（《說唐後傳》第五十二回）

第四，九天玄女還開門授徒，而他的徒兒也一個個非凡了得：

這騎馬不管好歹，後足一蹬，四蹄發開，豁喇喇竟衝上前來。驚動了虛空九天玄女娘娘，見仁貴帶病出馬，遂傳法旨，叫左首青衣小童仗劍，去幫薛禮取勝安殿寶。（《說唐後傳》第三十七回）

唐萬仞叫聲元帥夫人道：「我已死二十九年，蒙九天玄女娘娘復救重生，則此身已是化外之身，今當拜別元帥夫人，往鸞鳳山修真學道。」樊梨花許允。（《反唐演義全傳》第一回）

話說楊么打傷了孩子，又打了大人。再三問他，方曉得在九天玄女祠中，神授諸般勇藝。知他後來有些好處，因恐他在外生事，過不多日，遂將他送入學中。（《後水滸傳》第三回）

鮑姑道：「你是東海龍王，豈不聞得蒲臺縣有個太陰娘娘降世？是奉上帝敕命斬除劫數的女主，你也是他管轄下的。目今南海大士命曼師賜與天書七卷，瑤池西王請九天玄女娘娘下界親來講授，因城市屋宇不淨，所以特來借座龍宮，暫移到海邊上。不過百日圓滿之後，仍然歸到水府。」（《女仙外史》第八回）

第五，九天玄女在神仙譜系中地位崇高，雖非「登峰造極」，也是「東泰西華」。先看她在群仙中的座次：

西王母遂請入座。向南正中釋迦如來，左是過去諸佛，右是未來諸佛，前是三清道祖，東西向皆諸大菩薩。東間，上帝南向，左坐昭位——第一玄武大帝，以下皆諸天尊；右坐穆位——青華帝君第一，以下皆諸大真人。西間，南向獨坐是南海大士；北向兩座，左為斗姥天尊，右為九天玄女。東向首座，鬼母天尊；西向首座，天孫織女，餘為太微左夫人、九華安妃、昭靈夫人、觀香夫人、月殿嫦娥、魏元君、許飛瓊、段安香、何仙姑、麻姑、樊夫人、王太真、阮靈華、周瓊英、鮑道姑、吳彩鸞、雲英等女仙真。西王母陪席。（《女仙外史》第一回）

上帝先與如來諸佛祖、三清道祖，東西向，皆諸大菩薩。東間，上帝南向；左坐昭位，第一玄武大帝，以下皆是天尊；右坐穆位，青華帝君第一，以下皆為諸大真人。西間，南向獨坐，是南海大王；北向兩座，左為斗姥天尊，右為九天玄女；東向首座，鬼母天尊；西向首座，天孫織女。餘為太美左夫人、九華安妃、昭靈夫

人、觀香夫人、月殿嫦娥、南嶽衛夫人、魏元君、許飛瓊、殷安香、何仙姑、麻姑、樊夫人、王太真、阮靈華、周瓊英、鮑道姑、吳彩鸞、百花仙女。……王母坐在中間陪席。（《新增才子九雲記》第一回）

再看與她平起平坐的朋儕之輩或者在小說家心目中與之並列的人物：

道人道：「此書不過是地煞變化，極人世可有可見之物，巧為假借一時。在佛家謂之為金剛禪邪法；在道家亦謂此為幻術。用之正，亦可治國安民；用之邪，身首俱難保護。費長房、許宣平等，皆是此術，非天罡正教也。我常奉敕，到元始老君、九天玄女、東王公、四大聖處，領取書冊，知之最詳。」（《綠野仙蹤》第四十五回）

正北方豎立深黃長旆一面，上書太上道祖靈寶大天尊寶誥；正南方豎立絳幡一面，上寫九天玄女娘娘掌教法主聖號；東方青幟上是龐、劉、苟、畢，西方素幟上是鄧、辛、張、陶，共八位天將的符籙。（《女仙外史》第五十一回）

誰知這些童兒不喊猶可，這一喊，頓時把幾個烏嘴油臉的小孩，變了一群青面獠牙的妖怪，有的搖著驅山鐸，有的拿著迷魂幡，背了驪山老母的劍，佩了九天玄女的符，踏了哪吒太子的風火輪，使了齊天大聖的金箍棒，張著嘴，瞪著眼，耀武揚威，如潮似海的直向鳳孫身邊撲來。（《孽海花》第二十三回）（此段為夢中情節）

第六，九天玄女善於降伏妖魔：

正去之間，聽得後面大叫：「呔！薛仁貴！你回轉頭來看！我與你有海底冤仇，三世未清，今被九天玄女娘娘鎖住，難以脫身。幸喜你來，快快放我投凡，冤仇方與你消清了。」仁貴回頭一看，只見西南上一根擎天大石柱，柱上蟠一條青龍，有九根鏈條鎖著。（《說唐後傳》第二十四回）

天師道：「貧道只說是老龍已去，又是甚麼新到的妖魔。若是那個老龍，他原是黃帝荊山鑄鼎之時，騎他上天，他在天上貪毒，九天玄女拿著他，送與羅墮闍尊者。尊者養他在缽盂裏，養了千百年，他貪毒的性子不滅，走下世來，就吃了張果老的驢，傷了周穆王的

八駿。」（《三寶太監西洋記通俗演義》第十九回）

　　彥博才省起，幼時讀書靜室，夜半曾有一鬼乞食，形容甚怪，自言是上界多目尊神，因犯九天玄女法旨。罰他下方受苦。彥博遂飽賜酒食，又為他向玄女廟中，主誠求懇，果然即得超昇。（《賽花鈴》第一回）

第七，九天玄女信徒極多，在民間傳說系列中擁有極高的信譽。

　　夫人云：「相公若如此思前慮後，也是難事。妾聞得東門外有個九天玄女娘娘廟，廟內有送子娘娘，說是極靈顯的。我夫婦可於每月朔日，燒香拜求子嗣，這可使得呢？」（《女仙外史》第二回）

　　吳成道：「本城中有個女真觀，名為『清修院』，乃是九天玄女的香火。」（《八洞天・補南陔》）

　　夫人道：「相公這般思前想後，也是難事呢。妾聞府東里許，有那九天玄女娘娘廟。廟內有送生娘娘，說是極靈顯。我夫妻兩人，可於每月朔日，燒香拜求子嗣。這可使得了麼？」（《新增才子九雲記》第二回）

不要說普通民眾了，就連「聖姑姑」那樣的造反者，也對九天玄女頂禮膜拜：

　　石氏十分著急，楚娘心生一計，教石氏換了道裝，也扮作道姑，掩人耳目。然雖如此，到底懷著鬼胎。卻喜妖母聖姑姑是極奉九天玄女的，一日偶從觀前經過，見有玄女聖像，下車瞻禮。因發告示一道，張掛觀門，不許閒人混擾。多虧這機緣，觀中沒人打擾，不但石氏得安心借住，連楚娘也得清淨焚修。（《八洞天・補南陔》）

最後一點，也是最重要的一點，九天玄女的政治立場如何？她老人家究竟支持誰？反對誰？

　　這個問題其實很難回答，也很好回答。所謂難以回答，是因為在不同的小說作品中，九天玄女的政治立場有些混亂，一會兒支持造反者，一會兒支持朝廷。所謂好回答，乃是因為九天玄女在幾乎所有的小說作品中，她所支持者、反對者全是以作者的愛憎為出發點的。或者更為直截了當地說，作者的政治立場，就是九天玄女的政治立場。

　　譬如《水滸傳》與《蕩寇志》這兩部作品，作者的政治立場是相反的。《水滸傳》是站在梁山好漢這一邊的，《蕩寇志》則是站在官軍這一邊的。於

是，同樣的九天玄女就有了不同的表現。在《水滸傳》中，她分明是梁山軍的保護神，但到了《蕩寇志》中，她卻站到官軍一邊，對梁山軍實施了徹底的懲罰。請看這樣的描寫：

> 原來宋江那年自得了天書之後，即於寨內啟建一座玄女宮，正在忠義堂背後，特派頭目專司香火。宋江每月行香，十分致敬，至今不怠。……忽聽得玄女宮裏大風怒吼，塵霧蔽天，宮殿中瓦片椽桷憑空飛起，直打到忠義堂來。公孫勝面如土色，飛奔而來。宋江忙問怎的，公孫勝道：「小弟方才朦朦睡去，似夢非夢，忽聽得大聲喝道：『何故不聽吾言！』小弟蓦地竄醒，不料起此怪兆。」宋江聽罷，也面如土色。（《蕩寇志》第一百三十二回）

> 希真就案上寫起一張疏牘，又書了幾道符，便於案前拱手誦起九天玄女寶誥。誦了九遍，稽首九拜，便跪在案前，將疏牘念誦一遍，就於燭上焚送，又再拜稽首。……便命那十二丁甲解下壇中所有的鏡，都移入壇心，將公孫勝的命紙重重疊疊壓住，便將乾元寶鏡鎮壓在上面，寶劍插在壇前。……忽聽得耳畔有人告道：「我們奉法旨在此保護，奈九天玄女聖旨降來，責我等棄順助逆，要治我等之罪，如今只得捨了吾師去也。」公孫勝大吃一驚，正欲再持禁咒，不覺一靈神光霍的飛去，悠悠揚揚不知去向了。（同上第一百三十五回）

這種九天玄女以小說作者的是非觀為是非觀的描寫，在許多小說中都有體現。如在「說唐」故事系列小說中，九天玄女當然是站在大唐的代表人物薛仁貴及其兒孫一邊，去反對番邦敵國的。

> 薛仁貴道：「這倒不消媽媽叮囑，但我等多要吃到斗米壇酒，一個半缸幹什麼事，不到一二天就完了。」婆子道：「這兩缸酒米吃不盡的。今日吃了多少，明日又長了多少出來，憑你吃千萬年也不肯完的。」眾人說：「有這樣好處！如此老媽媽請便吧。」那婆子出了藏軍洞，她就是九天玄女變化在此，安頓了九人竟是騰雲去了。（《說唐後傳》第三十八回）

不僅在「說唐」故事系列中如此，在其他小說作品中。每當民族矛盾發生的時候，只要是九天玄女娘娘出場，她自然而然會成為民族的保護神，愛憎極其鮮明。且看：

> 卻說趙天王等數百人在山頂痛哭，聲徹霄漢。其時正值九天玄
> 女娘娘經過，撥雲觀看，已知就裏，因按落雲頭叫道：「爾等雖由劫
> 數，但殺戮過重，難免一死。今念爾等不犯淫邪，救爾回島，從此
> 洗心懺罪以保殘喘！」趙天王等正在垂危之際，忽聽此言，一齊抬
> 頭觀看，知是仙佛降臨，都伏地磕頭哀告：「若蒙慈悲救命，從此永
> 不敢侵犯天朝！」當下，玄女娘娘取背上寶劍一擲，化成一座金橋，
> 望之無際。娘娘自立橋頭，喝令速走，眾倭歡呼踊躍，齊奔上橋，
> 頃刻間已回故島。（《雪月梅》第四十九回）

不僅在軍事上要幫助華夏民族打敗敵人，就是在心理上也要顧及大漢民族的
尊嚴。請看：

> 那娘娘叫一聲：「昭君聽著，今日召你，非為別事，哀家乃九天
> 玄女之神，只因你姊妹有緣，召你前來，完你名節，日後還使你報
> 仇有人。且將哀家鶴氅仙衣一件，賜你穿在身上，自使番王不敢近
> 你。」（《雙鳳奇緣》第五十二回）

通讀以上八點，我想讀者應該明白我前面說過一句話的含義了吧？

在選擇娘娘作為造反者的保護神的時候，《水滸傳》的投標比《反唐演義
傳》更為準確。當然，任何事情都會有例外。當我們通過以上文字將女媧娘
娘與九天玄女娘娘分辨得清清楚楚的時候，沒有料到也會讀到這樣一部小
說，它在開宗明義處居然將兩位娘娘混為一體：

> 當有九天玄女女媧娘娘出班，俯伏金墀道：「臣女願承補天之
> 役。」……正言間，只見萬花總主杜蘭香也俯伏金階，奏稱：「臣統
> 領群芳，在西天駐紮，殊覺不便，願與女媧同去補天，補成之後，
> 即帶著一班花神，住在此處，願吾主允准。」上帝大喜，立宣敕旨，
> 著女媧、杜蘭香一同前往，相機行事。（《海上塵天影》第一章）

書中所寫的明明是女媧娘娘，但卻在前面冠以「九天玄女」的稱號。我想，像
該書的作者鄒弢這樣的大學者兼著名小說作家、評點家還不至於將兩位娘娘
混為一談吧！他這樣寫，或許是表現一點胡扯的幽默，或者是另有深意，或
者是與當時的讀者開一個不大不小的玩笑，或者竟不是鄒弢的責任，而是出
版商、印刷者的問題？

究竟如何？筆者不得而知之，只好將此問題「懸而不決」了。

反正已將想要說明的問題說清楚了。

「隔屏猜物」與「隔板猜枚」

　　在中國古代小說的創作過程中，哪怕是一些極不引人注目的細節描寫也是淵源有自的，前代作家對後代作家的影響簡直是無微不至。

　　《西遊記》寫唐僧師徒與虎力大仙、鹿力大仙、羊力大仙三個妖道在車遲國鬥法，很是熱鬧。其中，有一個鬥賽項目——隔板猜枚最具童趣。

　　這個項目是鹿力大仙提出的：「等我與他賭隔板猜枚。」國王道：「怎麼叫做隔板猜枚？」鹿力道：「貧道有隔板知物之法，看那和尚可能彀。他若猜得過我，讓他出去；猜不著，憑陛下問擬罪名，雪我昆仲之恨，不污了二十年保國之恩也。」真個那國王十分昏亂，依此讒言。即傳旨，將一朱紅漆的櫃子，命內官抬到宮殿，教娘娘放上件寶貝。須臾抬出，放在白玉階前，教僧道：「你兩家各賭法力，猜那櫃中是何寶貝。」

　　結果，一共猜了三次，每次孫悟空通過做手腳都取得了勝利。第一次，他將「山河社稷襖，乾坤地理裙」變成了「破爛流丟一口鍾」。第二次，他又將櫃內所藏的「御花園裏仙桃樹上結得一個大桃子」「一頓口啃得乾乾淨淨」，成為「光桃核子」。第三次更妙，孫行者居然將藏在裏面的一個小道童弄成一個小和尚，在唐僧、八戒的呼喚之下，「那童兒忽的頂開櫃蓋，敲著木魚，念著佛，鑽出來。」（第四十六回）

　　這種「隔板猜枚」的描寫源自宋元講史話本小說《武王伐紂書》，不過那裏是「隔屏猜物」而已。且看書中的這段描寫：

　　　　紂王又問曰：「卿當與寡人發一課，看之來意如何？」子牙言：「好。」紂王便起去屏風，去取下十兩黃金並天平冠、御衣，卻轉過屏風來，問子牙：「此屏風後是甚？」子牙曰：「是十兩黃金、天

　　平冠、御衣也。」紂王奇稱，心中大喜。（卷中）

兩相比較，二者自有相同之處，都是智者耍弄昏君，或商紂王，或車遲國王。然而，《西遊記》中的描寫較之《武王伐紂書》更為細膩，更為生動，也更帶有童心童趣。《武王伐紂書》只寫了一次隔屏猜物，而《西遊記》卻寫了三次隔板猜枚。《武王伐紂書》描寫平實、單純，只不過為了顯示姜子牙的法力而已。而《西遊記》中，孫悟空的法力讀者早已爛熟於胸，作者進行這段描寫，更重要的是達到一種帶有童心童趣的諧趣意味。試想，當車遲國王的「山河社稷襖，乾坤地理裙」變成了「破爛流丟一口鍾」的時候，國王是多麼尷尬，而那些下人該又是多麼愜意。再如，當「御花園裏的」「大桃子」變成「光桃核子」的時候，是多麼出人意外而又在情理之中。誰叫國王別的水果不藏，偏巧要藏「大桃子」呢？誰不知孫大聖是猴子，並曾偷過世界上最高貴的蟠桃？正如八戒對沙僧所言：「還不知他是個會吃桃子的積年哩！」更有意味的是第三次，小道童變成小和尚。須知，在車遲國鬥法的雙方是四位聖僧與三位妖道，在這個特殊的環境裏，僧代表的是正義，而道代表的是邪惡。因此，小道童就必然會「改邪歸正」，在孫悟空作用力的影響之下乖乖變成小和尚了。

　　進而言之，整部《西遊記》雖然不乏對佛教的揶揄，但更多的則是對道教的諷刺。於是，這種描寫似乎又是在童心童趣的基礎之上帶有了深刻的政治、宗教色彩了。

刀劍・買賣・殺人

兒時聽說一件事，至今難忘。

在某市城鄉結合部的一座小橋邊，幾個西瓜攤子，又有一些城里人買瓜。其間，一城裏嘮嘮叨叨的中年婦女與一年輕的賣瓜人發生爭執。一怒之下，不買他的瓜。不僅不買，還站在邊上，凡有來買此年輕人西瓜者，婦人就告之此瓜如何如何不好，價錢如何如何不對。不依不饒地「勸」走了四、五人之後，年輕的賣瓜人突然躍起，拿起西瓜刀向著饒舌婦人猛刺，當場斃命。

好心的長者給我講完這件事後，情不自禁地總結道：「孩子，買東西的時候儘量不要與人爭執，即便爭執，也要盡快了結。尤其是在接近兇器的地方，如肉案、瓜攤、廚房，千萬不要對人指手畫腳、喋喋不休，更不要壞人生意。否則，危險隨時會發生。」

這位長者的故事和教導我一輩子都會記得。然而，在我閱讀中國古代小說作品的過程中，卻發現這種激情殺人的問題早已引起作者們的注意了。

這方面最有名的片斷當然是《水滸傳》中的「汴京城楊志賣刀」了。當潑皮牛二再三挑釁，楊志一再忍讓以後，牛二還在糾纏，終於發生了血案：

> 楊志道：「你不買便罷，只管纏人做甚麼！」牛二道：「你將來
> 我看。」楊志道：「你只顧沒了當！洒家又不是你撩撥的。」牛二道：
> 「你敢殺我？」楊志道：「和你往日無冤，昔日無仇，一物不成，兩
> 物見在。沒來由殺你做甚麼？」牛二緊揪住楊志說道：「我鰲鳥買你
> 這口刀。」楊志道：「你要買，將錢來。」牛二道：「我沒錢。」楊
> 志道：「你沒錢，揪住洒家怎地？」牛二道：「我要你這口刀。」楊

志道：「俺不與你。」牛二道：「你好男子，剁我一刀。」楊志大怒，把牛二推了一跤。牛二爬將起來，鑽入楊志懷裏。楊志叫道：「街坊鄰舍都是證見。楊志無盤纏，自賣這口刀。這個潑皮強奪洒家的刀，又把俺打。」街坊人都怕這牛二，誰敢向前來勸。牛二喝道：「你說我打你，便打殺直甚麼！」口裏說，一面揮起右手，一拳打來。楊志霍地躲過，拿著刀搶入來。一時性起，望牛二顙根上搠個著，撲地倒了。楊志趕入去，把牛二胸脯上又連搠了兩刀，血流滿地，死在地上。（第十二回）

《水滸傳》中「楊志賣刀」故事的直接來源是《宣和遺事》，該書「前集」中寫道：「那楊志為等孫立不來，又值雪天，旅途貧困，缺少果足，未免將一口寶刀出市貨賣，終日價沒人商量。行至日晡，遇一個惡少後生要買寶刀。兩個交口廝爭，那後生被楊志揮刀一斫，只見頭隨刀落。」

兩相比較，《宣和遺事》的描寫當然比《水滸傳》乾瘪得多。但無論如何乾瘪，它還是「父親」，《水滸傳》還是「兒子」。一般來說，都是父親用自己的乾瘪換來兒子的豐滿的。

除了《宣和遺事》以外，像楊志賣刀這種激情殺人事件，在宋元講史話本、尤其是在《五代史平話》中居然反覆出現。大概是因為在那個混亂的時代，人人心裏都憋屈得很，火氣特大的緣故。當然，造成這些激情殺人案件的另一個原因還是與買賣刀劍相關。請看二例：

遂入酒店連飲了數升。忽見一少年，將一口刀要賣。劉文政要買，問多少價。少年道：「要價錢三百貫。」文政道：「恰有三百錢，問你買了。」少年人怒道：「您三百錢只買得胭脂膩粉！咱每這刀，要賣與烈士！」文政道：「您怎知我不是殺人烈士？」遂奪少年刀，殺了少年人。（《梁史平話》卷上）

那漢將這寶劍出賣，郭威便問那漢道：「劍要賣多少錢？」那漢索要賣五百貫錢，郭威道：「好！只值得五百錢。咱討五百錢還你，問你買得。」那漢道：「俗語云：『酒逢知己飲，詩向會者吟。』我這劍要賣與烈士，大則安邦定國，小則禦侮扞身，您孩兒每識個什麼？您也不是個買劍人，咱這劍也不賣歸您。」郭威道：「卻不叵耐，這廝欺負咱每！」走去他手中奪將劍來，白乾地把那廝殺了。（《周史平話》卷上）

劉文政、郭威二位殺人的原因完全一樣：為面子而殺人。誰叫那賣刀賣劍之人說他們二位不是「烈士」呢？然而，他們二位殺人與楊志殺人卻有一點小小的區別：楊志是賣刀遇見無賴被迫殺人，劉、郭是買刀劍自充無賴而主動殺人。但本質上，他們三人又具有一致性：一來是怒髮衝冠，激情殺人；二來是刀劍在側，方便殺人。

還有第三種情況，賣刀者強迫別人購買而殺人。那故事也發生在郭威身上。

> 郭威吃董璋爭了這功，又隸屬他部下，思量與他廝爭不出，嘔了一肚價怒氣，沒奈何，他是粗漢，只得多吃了幾碗酒，消遣愁悶。連泛了二三斗酒，該酒錢一貫有餘，身下沒錢，未免解個佩刀問店家權當酒錢，候有錢卻來取贖。店家不肯當與，被郭威抽所執佩刀將酒保及店主兩人殺死了。（同上）

郭威激情殺人的原因是相當複雜的。首先，他作為董璋的部下，從敵人的刀叢劍樹之中救了已經被俘的上司，最終打了大勝仗。不料，卻被董璋冒認了戰功。因此，郭威「嘔了一肚價怒氣」。其次，郭威只得借酒消愁，「連泛了二三斗酒」，屬於醉酒狀態。第三，郭威無錢「買單」，但還是頗為講理地「解個佩刀問店家權當酒錢」，並非一味橫蠻不講道理。在店家不願意接受他抵押佩刀的前提下，他殺人了，而且殺了兩個。與上面幾個殺人者（包括上一次的他自己）相比，這個郭威，更令人同情一些，也更接近《水滸傳》中的楊志。因為他們都是多重因素造成的萬般無奈，才一腔火起，更兼刀劍在側，故而激情殺人的。

分析上述古代小說中因買賣刀劍而引起的激情殺人事件，多半由以下四點原因構成：長期鬱悶，醉酒狀態，臨場刺激，兇器在側。如果社會能儘量消除上述因素，激情殺人事件定會減少發生。

研究這些，對於我們今天減少激情犯罪應該有借鑒作用。

但希望我們的文藝創作儘量少一些這方面的描寫。

因為從某種意義上講，文藝作品是生活的教科書。

對青少年尤其如此。

「天下」究竟屬誰？

　　幾乎所有涉及歷史題材的小說作者都會碰到一個大難題：怎樣描寫改朝換代的開國之君。其間的道理很簡單，因為這開國之君在未開國之前多半是前代君王的臣民。按照傳統觀念，凡臣民取代君王者均被視為大逆不道。然而，在更多的時候，亡國的舊君王往往是昏庸殘暴的，至少也是懦弱無能或剛愎自用的，而新的開國之君卻往往是英明果決、能征慣戰的，至少是善於收買人心、籠絡人才的。這樣，一個矛盾就不可避免地擺到了歷史演義小說家們面前：既要歌頌這些改朝換代的英雄人物，又不能讓他們背上大逆不道的罪名。要解決這個矛盾，只有一個辦法，幫開國新君找一個理論根據，一個能被廣大讀者欣然接受的「說法」。

　　小說家們真正不簡單，他們找到了這個說法：「天下者，非一人之天下，乃天下人之天下也，惟有德者居之。」

　　諸如此類的話在古代小說中實在多見，且羅列若干如下。

　　《三國志通俗演義》中，上述言論至少六次分別出自王允、薛綜、諸葛亮、張松、華歆之口：

　　　　允曰：「天下者，非一人之天下，乃天下人之天下也。」（卷之二）

　　　　綜曰：「天下者，非一人之天下，乃天下人之天下也。」（卷之九）

　　　　孔明曰：「都督此言極是公論。古人云：『天下者，非一人之天下，乃天下人之天下也。』」（卷之十一）

　　孔明變色言曰：「子敬公好不通禮！我主人相待，直須要說到根前？自三皇五帝開天立極以來，『天下者，非一人之天下，乃天下人之天下也。』」（同上）

　　松曰：「不然。『天下者，非一人之天下，乃天下人之天下也，惟有德者居之。』」（卷之十二）

　　華歆又曰：「陛下差矣。……『天下者，非一人之天下，乃天下人之天下也。』」（卷之十六）

這些人物，有魏蜀吳三方的，也有不屬於魏蜀吳三方的，有作者傾心歌頌的，也有作者頗著微辭的，他們異口同聲說出了這樣的話語，可見這是作者心目中當時識時務者的共識。

　　《開闢演義》中，上述言論居然也出現了六次：

　　眾侯齊奏曰：「天下非我主之天下，乃萬民之天下也。今主公為君，不恤下民，使臣斂財，荒淫無度，民心皆變。諸侯共議言主不可管攝天下，欲廢主上，別立新君，以安萬民！」（第三十六回）

　　豶子曰：「況夏朝亦非汝祖創制，乃是盤古以至天地人三皇、伏義、神農、黃帝、堯、舜，歷世代相傳，惟有德者居之。」（第五十八回）

　　伊尹曰：「天下乃有德者居之。」（第六十四回）

　　湯曰：「不可。天下非一家之有也，惟有德者，可以居之。」

　　風曰：「天下人之天下，非一人之天下。汝商王子孫，歷年已久，理合讓有德者居之。」（第七十一回）

　　陳嚴曰：「汝等不識世務，商家傳位已久，該讓有德者居之。」（同上）

這些人物的言論，更偏重於一個「德」字，無德的舊君王理應讓出天下，而德高望重的人完全可以取而代之。

　　《東西晉演義》中，這類的言論也不少，尤其是在《東晉演義》中，至少四次出現於慕容垂、苻堅、張華、傅亮之口：

　　垂曰：「不然，天下者，非一人之天下，乃天下之天下也，惟有德者居之。」（卷之四）

秦王堅曰：「天下者，天下之天下，非一人之天下。」（卷之五）

侍郎張華曰：「天下非一人天下，有德者可居焉。」（卷之六）

尚書傅亮奏曰：「陛下差矣。昔日三皇五帝，互相推讓，無德讓有德。……天下者，非一人之天下，乃天下之天下也，須不是陛下祖宗自傳到今。」（卷之八）

這些說法，與《開闢演義》中所言，幾無二致。此外，如此說法出現一兩次的作品也不在少數，例如：

左僕射張文蔚曰：「陛下差矣！古之帝王，無德讓有德，自古皆然。天下者，非一人之天下，乃天下人之天下，須不是陛下祖宗自古傳到今。請陛下思之。」（《殘唐五代史演義傳》第三十五回）

羿見王曰：「天下非一人之天下，當以無德讓有德。」（《有夏志傳》卷之三）

儂王聽罷，呵呵大笑，言曰「吾聞：『天下者，天下人之天下，非一人之天下。』」（《楊家府通俗演義》第六卷）

仁杲大惱：「天下非一人之天下，焉敢妄出大言！」（《大唐秦王詞話》第十三回）

郭士衡喝曰：「你好不識時務！天下者，乃天下人之天下，何敢妄出此言！」（《大唐秦王詞話》第十八回）

柳慶遠笑道：「天下者，乃天下人之天下，非一人之天下。」（《梁武帝演義》第四回）

兀朮道：「將軍說話差矣！自古天下者，非一人之天下，惟有德者居之。」（《說岳全傳》第十五回）

王佐道：「哥哥，古人云：『天下者，非一人之天下，惟有德者居之。』」（同上第二十二回）

楊林道：「羅將軍，汝之所論理固當然，但知其一，不知其二。古云：天下非一人之天下，惟有德者居之。」（《說唐全傳》第二回）

　　　　唐璧聽了此番言語，不覺怒氣衝天，大喝道：「胡講！自古道：
　　　　『天下者，乃人人之天下，非一人之天下也。』孤家爭取江山，那
　　　　管什麼有仇無仇。」（同上第六十三回）

　　　　李仙師聽了大怒說：「樊梨花，你說那裡話來！天下者非一人
　　　　之天下。」（《說唐三傳》第六十七回）

以上作品，有的是歷史演義小說，有的是英雄傳奇小說，但有兩大共同點。
其一，它們都是以某一歷史朝代為描寫對象或者至少是借某一朝代的歷史為
背景而編造故事的。其二，它們所寫的都是「亂世」。這兩點恰恰就是產生這
種「天下」歸屬問題的誘因。只有在混亂的世道里人們才會考慮誰能主宰天
下的問題。此外，有些作品雖然以神魔怪異為描寫對象，但其間貫徹的「試
看今日域中竟是誰家天下」的思想，也是不可磨滅的。這符合人們企圖主宰
別人而不願意被別人主宰的普遍心理。更何況，其間的某些作品，本身就是
歷史演義與神魔怪異的混雜物。

　　　　子牙笑曰：「老將軍之言差矣！尚聞：『天下者非一人之天下，
　　　　乃天下人之天下也。』故天命無常，惟眷有德。」（《封神演義》第
　　　　九十四回）

　　　　番將黏不隶答曰：「天下者，天下之天下，高才捷足者，皆可得
　　　　之。」（《東遊記》第十二回）

　　　　王連一聽，氣得哇呀呀怪叫如雷，說：「小輩休要說此朗朗狂
　　　　言大話！你豈不知，天下乃人人之天下，非一人之天下，有德者居
　　　　之，無德者失之，勝者王侯，敗者寇盜。」（《濟公全傳》第一百九
　　　　十三回）

當然，這種言論也不僅僅出現於歷史演義或英雄傳奇以及神魔怪異小說中。
在其他類型的小說作品中冷不丁也會冒出這種高論。如俠義公案小說、甚至
擬話本小說中都有。

　　　　呂祥說：「你不必多說，自古及今，勝者為王，敗者為寇，天下
　　　　者非一人之天下也，有德者居之，無德者失之。」（《彭公案》第九
　　　　十六回）

　　　　彭大人接到這折底一看，上面寫的是：「從古三王立基，五帝禪
　　　　宗，豈中原有主而夷狄無王乎？天下者，非一人之天下，乃仁人之

天下也。惟有德者居之，無德者失之。」（同上第二百八十八回）

那邊一聽，說：「你要問我，我乃是四川峨眉山通天寶靈觀八路督會總殿前官拜威勇侯、平北大將軍，總領福建廣西馬步軍隊督會總急先鋒蕭可龍。……天下者非一人之天下，乃人人之天下也；為有德者居之，無德者失之。」（《永慶升平前傳》第六十七回）

亞蘭接口說曰：「……常言：天下者，天下人之天下，非一家可私，惟有德能享。」（《蹻春臺·棲鳳山》）

這些人物的構成，可就複雜多了。有割據者，有討逆者，有犯上作亂者，也有替天行道者，有所謂正面人物，也有所謂反面人物，但他們的認識卻達到了高度的一致，當然也有人是借助這個說法「為我所用」。

最為有趣的是隋煬帝。這位起先奮發有為，後來荒淫無恥的亡國之君在即將滅亡時居然有一次非常「大度」的表態：

煬帝沉吟良久，急歎息道：「天下者，乃天下人之天下，非一人之天下。有一日之福且享一日之樂，況天子四海為家，何必定戀兩京？」（《隋煬帝豔史》第三十六回）

原來所有的統治者其實都明白這個道理，天下並不是哪一個人的，它是天下人的。只不過，帝王們既然得到了天下，就希望據為一家之所有，並希望萬世萬代地傳承下去。但他們的希望只可能有一個結果，那就是破滅。所不同的只是破滅時間的早晚問題。

問題在於，為什麼會產生這樣一種「口號」呢？

任何人的任何行為總會有意無意之間受到某種理論的指導，而各種理論又都產生於人們紛繁複雜的社會實踐之中。人類在經歷了許多次大的動盪、大的劫難以後，終於慢慢地明白了一個道理：民心向背乃是政治家成敗的根本，民眾的擁護才是長治久安的基本國策。質言之，必須調節好人民與統治者的關係才能天下大治。奪取天下如此，治理天下仍然如此。因此，孟子才提出「民為貴，社稷次之，君為輕」（《孟子·盡心下》）的觀點。這種觀點的世俗化口號也就是「天下者，非一人之天下，乃天下人之天下也，惟有德者居之」。並成為後世聰明君主的治國之法寶，至少是做輿論宣傳的基本口徑。

當然，說這種口號是純粹世俗化的提法也是不對的，因為從秦漢到魏唐的許多政治家、文人學士都看到了這個問題，並且都有類似於通俗小說的表

達：「天下，非一人之天下也，天下之天下也。」（《呂氏春秋・孟春紀第一・貴公》）「臣聞天生蒸民，不能相治，為立王者以統理之，方制海內非為天子，列土封疆非為諸侯，皆以為民也。垂三統，列三正，去無道，開有德，不私一姓，明天下乃天下之天下，非一人之天下也。」（《漢書・谷永杜鄴傳》）「由此觀之，是知天下者，非一人之天下也，天下人之天下也。所以王者必通三統、明天命，所受者博，非獨一姓也。」（唐・趙蕤《長短經》卷七「懼誠」）

　　天下是「人民」的，通俗小說的根子也紮在「人民」之中。這，才是顛撲不破的真理。

古代小說中的「包二奶」

「二奶」，從某種意義上講也就是小妾。但她與一般的「妾」又有不同，她是由於種種原因而未被家庭接受的小妾，尤其是不能帶回家被妻子接受的小妾。

古人管「包二奶」叫做「養外室（宅）」。中國古代小說對此多有描寫，聊舉幾部名著中的例子為證。

例一：魯提轄三拳打死鎮關西所救之弱女子金翠蓮，後來到了代州雁門縣，給趙員外做了「外宅」。請看金老兒對魯達的敘述：「恩人在上，自從得恩人救了，老漢尋得一輛車子，本欲要回東京去。又怕這廝趕來，亦無恩人在彼搭救，因此不上東京去。隨路望北來，撞見一個京師古鄰，來這裡做買賣，就帶老漢父子兩口兒到這裡。虧殺了他，就與老漢女兒做媒，結交此間一個大財主趙員外，養做外宅。衣食豐足，皆出於恩人。我女兒常常對他孤老說提轄大恩。」（《水滸傳》第四回）

例二：還是《水滸傳》。此次養外室的是宋江。這位郓城縣押司施捨了紋銀十兩，幫助外地人閻婆料理了亡夫的喪事。閻婆無以為報，只好將自己的女兒閻婆惜送給宋江做外室。當然，其間潛在的目的是母女二人後半生就有此靠山了。不過，宋江是位不好女色的好漢，在這一養外室的過程中，他是比較被動的。且看：「忽一朝，那閻婆因來謝宋江，見他下處沒有一個婦人家面。回來問間壁王婆道：『宋押司下處不見一個婦人面，他曾有娘子也無？』王婆道：『只聞宋押司家裏在宋家村住，不曾見說他有娘子。在這縣裏做押司，只是客居。常常見他散施棺材藥餌，極肯濟人貧苦。敢怕是未有娘子。』閻婆道：『我這女兒長得好模樣，又會唱曲兒，省得諸般耍笑。從小兒在東京時，

只去行院人家串，那一個行院不愛他。有幾個上行首要問我過房幾次，我不肯。只因我兩口兒無人養老，因此不過房與他。不想今來到苦了他。我前日去謝宋押司，見他下處無娘子，因此央你與我對宋押司說：他若要討人時，我情願把婆惜與他。我前日得你作成，虧了宋押司救濟，無可報答他，與他做個親眷來往。」王婆聽了這話，次日來見宋江，備細說了這件事。宋江初時不肯，怎當這婆子撮合山的嘴，攛掇宋江依允了。就在縣西巷內，討了一所樓房，置辦些家火什物，安頓了閻婆惜娘兒兩個那裡居住。沒半月之間，打扮得閻婆惜滿頭珠翠，遍體金玉。」（《水滸傳》第二十一回）

例三：牛魔王養外室。此例情況略為複雜一些，因為大力牛魔王並非直言不諱地養外室，而是另有一番原委。我們不妨先看土地老兒對孫悟空的情況通報：「大力王乃羅剎女丈夫。他這向撇了羅剎，現在積雷山摩雲洞。有個萬歲狐王，那狐王死了，遺下一個女兒，叫做玉面公主。那公主有百萬家私，無人掌管，二年前，訪著牛魔王神通廣大，情願倒陪家私，招贅為夫。那牛王棄了羅剎，久不回顧。」牛魔王喜新厭舊的行為和玉面狐陪錢嫁漢的舉動，自然會引起諸多矛盾，也會遭到旁人非議，請看玉面狐與孫大聖之間的一次對話：「那女子一聽鐵扇公主請牛魔王之言，心中大怒，徹耳根子通紅，潑口罵道：『這賤婢，著實無知！牛王自到我家，未及二載，也不知送了他多少珠翠金銀，綾羅緞匹。年供柴，月供米，自自在在受用，還不識羞，又來請他怎的！』大聖聞言，情知是玉面公主，故意子掣出鐵棒大喝一聲道：『你這潑賤，將家私買住牛王，誠然是陪錢嫁漢！你倒不羞，卻敢罵誰！』」儘管牛魔王以玉面狐那兒為家，兩年來從未回到鐵扇公主身邊，但在所有的人看來，鐵扇公主仍然是妻，玉面狐仍然是妾，就連他們自己都是這樣看問題的。且看大家的說法：「牛魔王正在那裡靜玩丹書。這女子沒好氣倒在懷裏，抓耳撓腮，放聲大哭。牛王滿面陪笑道：『美人，休得煩惱。有甚話說？』那女子跳天索地，口中罵道：『潑魔害殺我也！』牛王笑道：『你為甚事罵我？』女子道：『我因父母無依，招你護身養命。江湖中說你是條好漢，你原來是個懼內的庸夫！』」「牛王罵道：『這個乖嘴的猢猻！害子之情，被你說過；你才欺我愛妾，打上我門何也？』大聖笑道：『我因拜謁長兄不見，向那女子拜問，不知就是二嫂嫂。』」（《西遊記》第六十回）

當然，最標準的「包二奶」則是《紅樓夢》中璉二爺的傑作——偷娶尤二姐。且看：「次日命人請了賈璉到寺中來，賈珍當面告訴了他尤老娘應允之

事。賈璉自是喜出望外，感謝賈珍賈蓉父子不盡。於是二人商量著，使人看房子打首飾，給二姐置買妝奩及新房中應用床帳等物。不過幾日，早將諸事辦妥。已於寧榮街後二里遠近小花枝巷內買定一所房子，共二十餘間。又買了兩個小丫鬟。賈珍又給了一房家人，名叫鮑二，夫妻兩口，以備二姐過來時伏侍。」（《紅樓夢》第六十四回）「至初二日，先將尤老和三姐送入新房。尤老一看，雖不似賈蓉口內之言，也十分齊備，母女二人已稱了心。鮑二夫婦見了如一盆火，趕著尤老一口一聲喚老娘，又或是老太太；趕著三姐喚三姨，或是姨娘。至次日五更天，一乘素轎，將二姐抬來。各色香燭紙馬，並鋪蓋以及酒飯，早已備得十分妥當。一時，賈璉素服坐了小轎而來，拜過天地，焚了紙馬。那尤老見二姐身上頭上煥然一新，不是在家模樣，十分得意。攙入洞房。是夜賈璉同他顛鸞倒鳳，百般恩愛，不消細說。那賈璉越看越愛，越瞧越喜，不知怎生奉承這二姐，乃命鮑二等人不許提三說二的，直以奶奶稱之，自己也稱奶奶，竟將鳳姐一筆勾倒。有時回家中，只說在東府有事羈絆，鳳姐輩因知他和賈珍相得，自然是或有事商議，也不疑心。再家下人雖多，都不管這些事。便有那游手好閒專打聽小事的人，也都去奉承賈璉，乘機討些便宜，誰肯去露風。於是賈璉深感賈珍不盡。賈璉一月出五兩銀子做天天的供給。若不來時，他母女三人一處吃飯；若賈璉來了，他夫妻二人一處吃，他母女便回房自吃。賈璉又將自己積年所有的梯己，一併搬了與二姐收著，又將鳳姐素日之為人行事，枕邊衾內盡情告訴了他，只等一死，便接他進去。二姐聽了，自是願意。當下十來個人，倒也過起日子來，十分豐足。」（《紅樓夢》第六十五回）

這一段描寫，從婚前的策劃準備到婚禮過程再到婚後生活乃至親屬安排、眾人的態度等均色色寫到。尤其是將賈璉心目中鳳姐和尤二姐的位置，將來的計劃，更是寫得入骨三分。就「包二奶」過程而言，可以說是中國古代小說敘述得最為詳盡、也最切合生活真實者。

上述小說作品中的「包二奶」，是有厚重的現實生活土壤為依據的。養外室之風，自古有之，至元明清三代愈演愈烈。

朱彝尊編《明詩綜》卷八十四收有張紅橋《遺林鴻》詩一首，題下注云：「紅橋，閩縣人膳部林鴻外室。」詩云：「一南一北似飄蓬，妾意君心恨不同。他日歸來也無益，夜臺應少繫書鴻。」可謂寫盡了外室女子的悲哀。

彭孫貽《茗齋詩》二千五百八十九冊有《毘陵逆旅婦行用朱四張韻》一

首，詩前小序云：「朱張云：毘陵旅舍有夫婦，自北至吳探親者。北歸至毘陵，逢胠篋者，資斧既竭，留滯旅邸不得歸。漕艘之魁窺其妻，悅之。問逆旅主人，得其蹤，大喜。招其夫，願載之往北。夫既欣然，婦察魁色不良，固不從。夫怒之，強與附載。彼魁厚款通殷勤，婦益疑之。魁以他事遣其夫至吳，婦泣止之，不聽。婦潛為防，衣袂腰紉俱百結。夫既行，魁置酒款婦，聯舟舵師婦數人，皆魁外宅也。從容道：魁結好意。婦毅然拒之。中夕，魁相逼。婦大叫，驚起鄰舟人。不得肆，魁怒而止。婦就縊舟中。魁豪有力，經營寢其事。同舟者不平，鳴之官，魁乃抵罪。惜未詳其里氏。亦朱張雲。張以詩見示，即用其韻為毘陵逆旅婦行一篇以傳於時。」

這篇小序中居然提及船幫老大也有「外宅」多人，但仍不足為奇。早在元代，竟有養外宅的和尚。

朱德潤《存復齋文集》卷十有《外宅婦》一詩，此詩又見於顧嗣立《元詩選初集》卷四十六所錄，詩如下：

> 外宅婦，十人見者九人慕。綠鬢輕盈珠翠妝，金釧紅裳肌體素。貧人偷眼不敢看，問是誰家好宅眷？聘來不識拜姑嫜，逐日綺筵歌宛轉。人云本是小家兒，前年嫁作僧人妻。僧人田多差役少，十年積蓄多財資。寺傍買地作外宅，別有旁門通巷陌。朱樓四面管絃聲，黃金剩買嬌姝色。鄰人借問小家主，緣何嫁女為僧婦？小家主云聽我語，老子平生有三女。一女嫁與張家郎，自從嫁去減容光，產業既微差役重，官差日夕守空床。一女嫁與縣小吏，小吏得錢供日費。上司前日有公差，事力單微無所恃。小女嫁僧今兩秋，金珠翠玉堆滿頭。又有肥臡充口腹，我家破屋改作樓。外宅婦，莫嗔妒，廉官兒女冬衣布。

這首詩，本意是寫元代僧侶的特權，但客觀上卻給後人提供了活生生的「養外宅」的原始資料。而所有這些，正是古代小說中「包二奶」描寫的背景材料。

妖精・軍備・重量

　　所謂「軍備」，相對於古代上陣打仗的軍人而言，主要指的就是兵器、馬匹之類。一般人的軍備來源當然很簡單，就像《木蘭詩》中所說的那樣：「東市買駿馬，西市買鞍韉，南市買轡頭，北市買長鞭。」總之是到市場中去消費一番，就什麼都有了。但是，非同尋常的將軍們，他們的軍備來源可不一般，居然是妖精變化而成。當然，這些都是小說家言。

　　例如岳飛，乃千古名將，他的兵器在《說岳全傳》中就來歷非常：

> 只見半山中果有一縷流泉，旁邊一塊大石上邊，鐫著「瀝泉奇品」四個大字，卻是蘇東坡的筆跡。那泉上一個石洞，洞中卻伸出一個斗大的蛇頭，眼光四射，口中流出涎來，點點滴滴，滴在水內。岳飛想道：「這個孽畜，口內之物，有何好處？滴在水中，如何用得？待我打死他。」便放下茶碗，捧起一塊大石頭，覷得親切，望那蛇頭上打去。不打時猶可，這一打，不偏不歪，恰恰打在蛇頭上。只聽得呼的一聲響，一霎時，星霧迷漫，那蛇銅鈴一般的眼露出金光，張開血盆般大口，望著岳飛撲面撞來。岳飛連忙把身子一側，讓過蛇頭，趁著勢將蛇尾一拖。一聲響亮，定睛再看時，手中拿的哪裏是蛇尾，卻是一條丈八長的蘸金槍，槍桿上有「瀝泉神矛」四個字。回頭看那泉水已乾涸了，並無一滴。（第四回）

「岳家軍」如此，「薛家將」當然也不示弱。《反唐演義全傳》中就生動地描寫了薛蛟、薛葵兄弟二人在幫助別人捉妖的過程中，不意既得兵器，又得坐騎：

> 四個妖怪一見二人，認得是主人，都現了原形，伏於地上。薛

蛟左手捉住白龍大王，右手按定銀靈將軍，薛葵左手拿定大頭大
王，右手扯住烏顯將軍，一齊舉腳亂踢，踢了一會，端然不動。二
人定睛一看，薛蛟左手捉的白龍大王卻是一條滾銀槍，右手按的卻
是一匹白銀獅豸，薛葵左手拿的大頭大王卻是兩柄烏金錘，右手扯
的卻是一匹黑麒麟。（第六十三回）

除此而外，還有很多小說作品，作者在塑造自己心愛的將領或武士的時候，
總是願意用神奇的軍備映襯之。不妨先看一位忠臣的女兒唐金花逃難途中碰
見兄長時所說的一段奇遇：

到了三更時候，我甫交睫，即見一神將叫我起來，帶到正面神
前跪下，上座的神說道：我是五顯華光大帝，可憐爾唐家受害，特
欲傳給武藝過你。俾得日後為國家出力，並替你唐家報仇。緊記。
又命神將舞劍一通，旋說道：吾有三塊金磚藏在石岩裏，取了帶往
傍身。點化畢，神將帶回，睡下。忽然擦醒，原是一夢，方對家嫂
說個明白。剛有一陣神風，吹開廟門，望去，見一白衣鬼，你妹一
拳打去，那鬼變了一劍。又到三個矮鬼，湧湧腫腫，到來被我一腳
踢去，一踢成了一磚。未幾天明，方悟神人所賜。（《繡戈袍全傳》
第二十五回）

賜給唐金花寶劍、金磚的神道大為有名，乃是上界「五顯華光大帝」。有一本
叫做《五顯靈官大帝華光天王傳》（簡稱《南遊記》）的小說，就是專寫他的故
事。這位華光天王打起仗來，經常使用的獨門兵器就是「金磚」。可見他將金
磚傳給唐金花也真正是傾心盡力了。

在某些小說家的心目中，不僅馳騁疆場的將軍們有這種由妖精變成的兵
器，就是那些行走江湖的俠客們有時也會碰到這樣的好運氣。《施公案》中就
有幾次這方面的描寫：

妖怪只管把雙手來抓他的上身，不防公然順手將身往下一蹲
著，向左邊扭轉身來，雙手把妖怪兩足捏住，大喝一聲，跳起身
來，把妖怪倒提在手。妖怪被他提空了，用不出氣力來，只是兩手
亂舞，沒法子了。李公然便將妖怪順著勢，照准太湖石峰上，用盡
平生之力，呼的攢去，只聽嗆啷一聲，把個妖怪攢的不見了，倒把
那李爺嚇了一跳。計全同李七也是一怔，說：「妖怪那裡去了？」公
然見妖怪沒了，自己手內還捏著一件東西哪，提起來一看，卻變了

一柄耀目爭光的寶劍。……正要下樓，公然抬頭一看，忽見上面掛了一個劍鞘，連忙摘將下來，把劍插入鞘內，恰是原配。計全接過來，就亮光之下細看，見是縷金嵌寶，十分精工，雕刻龍鳳花紋，中間用珍珠嵌成「青虹」二字。計全看罷，說：「怪不得了，原來是魏武帝的青虹寶劍，乃價值連城之物。」（第二百零九回）

那妖精見了人傑追得切近，復返身將前爪一揚，猛然撲到。人傑手急眼快，將身一偏，那妖怪撲個空。人傑趁勢一刀砍去，只聽那妖又吼了一聲，在地亂滾。人傑趕上一步，一磕膝將妖怪按住，正要舉刀復砍，忽然二目昏迷，不能下手。約有半刻，才清明些，睜開二目，只見妖怪已毫無影響，再一細看，自己膝下卻磕著兩柄銅鎚，顏色斑斕，實在可愛。心中暗思：「怎麼那怪物忽然變作銅鎚呢？且莫管他。」說著拿起舞了一回，甚是稱手。此時天已大亮，拿著銅鎚，仔細一看，見上面還刻著字，寫道：「山東賀人傑用，憑此建功立業。」人傑好不歡喜。（第三百十九回）

李公然、賀人傑都是《施公案》作者自己創造的江湖豪俠，後歸為施公麾下，地位都比黃天霸略低。在中國古代英雄傳奇或俠義公案小說的「英雄譜」中，算不得「大腕」，二三流人物而已。但作者為了突出他們的傳奇色彩，在寫他們與妖精搏鬥、妖精變武器的同時，更突出了這武器的傳奇性。李公然所得，乃曹操的「青虹寶劍」，這其實是從《三國志通俗演義》中「化」過來的。這在該書卷之九《長阪坡趙雲救主》一節中有所描寫：「那員將乃是曹操隨身背劍心腹之人夏侯恩。原來曹操有劍二口：一名『倚天』，一名『青釭』。倚天劍自佩之，青釭劍教夏侯恩佩之。倚天劍鎮威，青釭劍殺人。夏侯恩以為無敵之處，乃撇了曹操只顧引人搶奪擄掠。正撞子龍，一槍刺於馬下，就奪那口劍，視看靶上有金嵌『青釭』二字，方知是寶劍也。」《施公案》與《三國志通俗演義》所不同者，是將「青釭」寫作「青虹」，這大概是作者的筆誤吧。至於賀人傑的「銅鎚」，雖然沒有什麼「祖宗」可以沾光，但來點「現實」的也不錯，故而特意弄一特寫鏡頭：「山東賀人傑用，憑此建功立業。」以此表示隆重。

說到這裡，不知大家注意到一個問題沒有？在這些描寫妖精變成軍備的作品中，沒有一部是第一流的小說。那麼，是否最成功的小說作品就對英雄們的兵器不予誇張呢？非也！

中國古代第一流的章回小說總共只有六部：《三國志通俗演義》、《水滸傳》、《西遊記》、《金瓶梅》、《儒林外史》、《紅樓夢》。其中，後三部作品基本不涉及英雄的軍備問題，暫置勿論。前三部作品中，《西遊記》是神魔怪異小說，對孫悟空、豬八戒以及某些妖精的軍備當然是要誇張的。剩下的「三國」「水滸」二書，其實也對主要英雄人物的兵器坐騎進行了誇張描寫。趙雲的青釭劍就不用說了。關羽的兵器是「八十二斤青龍偃月刀」，（卷之一《祭天地桃園結義》）其坐騎是「日行千里」的「赤兔馬」。（卷之五《雲長策馬刺顏良》）曹操手下名將「典韋極勇，使兩柄鐵戟，重八十斤」。（卷之四《曹操興兵擊張繡》）三國英雄如此，梁山好漢亦不弱。魯智深的兵器是「一條六十二斤重的水磨禪杖」。（第四回）

這些描寫，儘管有力地烘托了兵器的主人公關羽、魯智深們的無比神力。但是，我們客觀地想一下，在現實生活中一個正常的人難道可以揮舞著六十多斤、八十多斤的鐵傢伙去演示各種武術套路、去與敵人作殊死鬥爭嗎？舉重運動員是可以舉起幾百斤的重量，但是，那僅僅是「舉」重而已，而不是「舉重若輕」。將幾十斤重的鐵器當成斤把兩斤重的棍子去演出套路並持續不斷打擊敵人的事，在現實世界中是不可能發生的。

《蜃樓志全傳》的作者可能看到了這個問題，故而進行了一點「折衷」。該書說什麼古代的兵器計重法與今天有所不同，應該打個對折以下。似乎這樣就頗為符合生活真實了。但實際上還是大有問題的。且看他的說法：

> 馮剛道：「小弟家中還有祖上留下的兵器。」叫家丁都搬將出來。又遠即上前取了一柄大斧，約有五六十斤，使了一回，頗覺趁手。眾人都各挑選了。何武道：「哥哥的鐵棒，量來用他不著，就給小弟做兵器罷。」霍武允了，但自己的兵器俱選不中，只檢得一柄二十餘斤的腰刀。馮剛道：「哥哥神勇，自然與眾不同，舍下藏有三號大刀，係考試時習練所用。」即叫眾人抬來。霍武一一試過，取了中號的一柄，約重百三十餘斤。按：兵器古秤一斤，今重六兩。霍武所用之刀，已不下五十斤重矣，豈非奇勇乎！（第十二回）

古人「斤」與「兩」之間，實行十六進制，也就是說，一斤十六兩。此處所謂「兵器古秤一斤，今重六兩」，其實是比半斤（八兩）還少二兩。如果按照今天的折扣計算，則十六分之六等於 0.375，亦即不到四折。照此看來，小說中描寫的呂又達（又一個李達）所選大斧，也就二十斤左右，較為符合事

實。但大哥霍武的中號大刀，則有「百三十餘斤」，打折後，亦「不下五十斤重」，卻同樣是不現實的。

為什麼這樣說呢？因為歷史上記載的兵器重量與小說中的描寫大相徑庭。下面，讓我們暫時拋開小說，來看看歷史上的將士們所使用的兵器真正的重量吧。

> 方首鐵棓（同棒）維盼，重十二斤，柄長五尺以上，千二百枚，一名天棓。大柯斧，刃長八寸，重八斤，柄長五尺以上，千二百枚，一名天鉞。方首鐵鎚，重八斤，柄長五尺以上，千二百枚，一名天鎚。敗步騎群寇。（《六韜‧虎韜》）

《六韜》一書，乃中國最古老的兵書之一，舊題姜尚撰。姜尚即姜子牙，民間所謂姜太公也。無論該書是否真為其所撰，《虎韜》中涉及的兵器重量都應該視為目前所知最早的記載。其中所載鐵棒重十二斤，大斧重八斤，鐵鎚重八斤，都是用來「敗步騎群寇」的兵器。按照《蜃樓志全傳》中的折扣計算，則這些兵器均在今天三五斤左右，較為合乎情理。

士兵手持的兵器如此，其他兵器重量也相對成比例。

宋‧許洞《虎鈐經》卷七載：「金銅環連鎖，長一尺四寸。金銅象鎚一枚，連鎖九寸，共重七斤半。」宋‧華岳《翠微先生北征錄》卷八載：「鏃重不得過三錢，箭重不得過十錢。」

以上所言，乃宋代以前的兵器重量。由宋至明，兵器重量也應該是差不多的。因為較之唐宋時代的前輩而言，明代人的身材、力氣不可能「暴長」。明代軍事家戚繼光在他的軍事著作中偶爾也涉及兵器的重量，聊看數例：

> 凡長槍，鋒要輕利，重不過兩；杆要梢輕，腰硬根粗。（《紀效新書》卷六《比較武藝賞罰篇》）

> 中原之地兼防內盜賊，可用長槍。與敵戰則長槍難用，何也？敵馬萬眾齊衝，勢如風雨而來，槍身細長惟有一戳，彼眾馬一擁，槍便斷折，是一槍僅可傷一馬，則不復可用矣。惟有雙手長刀藤牌，但北方無藤，而以輕便木為之，重不過十斤，亦可用。以牌蔽身，牌內單刀滾去，只是低頭砍馬足，此步兵最利者也。（《練兵實紀‧雜紀》卷二《儲練通論》）

> 藤牌解：以藤為之，中心突向外，內空可容手軸轉動。周簷高出，雖矢至面不能滑泄及人。內以藤為上下二環，以容手肱執持。

重不過九斤，圓徑三尺。……長槍解：用毛竹之細者，長一丈七、
八尺，上用利刃，重不過四兩，或如鴨嘴，或如細刀，或尖分兩刃。
（同上卷五《軍器解上》）

有人會說，你這裡所說的都是一般士兵所用的兵器的重量，而中國古代小說
中所寫的主人公大都是蓋世英豪，他們自然是「力拔山兮氣蓋世」的。至少，
從科學的角度出發，也應該是常人力量的幾倍吧。不錯！下面我們就來看看
歷史上真正的力大無窮的英雄們所用刀槍的重量吧。唐宋兩代各舉一例：

張興者，束鹿人。長七尺，一飯至斗米，肉十斤。悍趫而辯，
為饒陽裨將。祿山反，攻饒陽。……史思明引眾傅城，興摄甲持陌
刀重五十斤乘城。賊將入，興一舉刀，輒數人死，賊皆氣懾。（《新
唐書》卷一百九十三）

王敬蕘魁傑沉勇，多力善戰。所用槍矢，皆以鈍鐵煆就，槍
重三十餘斤，摧降破陣率以此勝。（宋曾公亮等《武經總要》後集
卷九）

張興、王敬蕘二位是歷史上真正的大力將軍，一位「一飯至斗米，肉十斤」，
一位「魁傑沉勇，多力善戰」，而且在戰場上都是英勇無比，所向披靡。張將
軍用刀，是唐代著名的「陌刀」；王將軍用槍，是「鈍鐵鍛就」。張將軍的刀重
五十斤，王將軍的槍重三十多斤。按照《蜃樓志全傳》的重量折扣，則張將軍
的刀接近二十斤，王將軍的槍也有十五斤左右。一個「人」（而非神或半人半
神）能持續不斷地「玩」十幾斤重的刀槍真正是不簡單了。不信，請今天任何
一位大力士去「玩一下」試試，去做幾下「劈刺」動作試試！這差不多應該是
人類的極限了！

然而，如果中國古代小說按照這個真實的「極限」去寫，那可就太乏味
了，太沒勁了！在關老爺的大刀二十斤與八十斤之間，在魯智深的禪杖十五
斤與六十斤之間，每一位讀者願意選擇哪一項呢？我想，百分之九十的讀者
該選後者吧！

這就是科學與藝術的區別。

這就是生活真實與藝術誇張的分野。

小說是需要虛構的，也是需要誇張的。一不虛構，二不誇張，你肯定寫
不好！

古代小說中形形色色的商業廣告

　　廣告，尤其是商業廣告，這種在當今社會人們司空見慣的東西，其實自古有之，而且源遠流長。如《楚辭‧天問》中就有這樣的描寫：「師望在肆，昌何識？鼓刀揚聲，後何喜？」再如《韓非子‧外儲說右上》云：「宋人有酤酒者，升概甚平，遇客甚謹，為酒甚美，懸幟甚高。」前一例說的是太公望（亦即姜子牙）未發達時，曾經屠牛賣肉。所謂「鼓刀揚聲」，就是用刀拍著肉案發出聲音，吸引顧客的注意。這就是一種最原始的聲響廣告。後一例則是說宋國的酒店買賣公平、價廉物美，尤其將酒旗高高懸掛。這就是一種原始的幌子廣告。

　　除了聲響廣告、幌子廣告而外，中國古代的商家和手工業者還廣泛使用了實物廣告、門面廣告、招貼廣告等多種形式。

　　最有意味的是，這多種廣告形式在中國古代小說中都得到了生動的反映。

一、聲響廣告

　　所謂聲響廣告，主要有兩種表現形式。一是振動某一對象使之發出聲音，二是通過歌唱、說話、吶喊來達到傳播的效果，二者目的相同，都是為了吸引顧客的注意。

　　被振動的物體有很多種，其中，又以金屬、竹木、皮革製品較為常見。

　　例如小鑼：「正說話間，恰好有個賣糖的小廝，喚做四兒，敲著鑼在那後頭走來。」（《二刻拍案驚奇》卷之三十五《錯調情賈母罵女，誤告狀孫郎得妻》）「我記得前五六年頭裏，後胡同裏賣耍貨的敲鑼兒響，小福兒要出去

看，我引他到後門兒上。人家擔了一擔鬼臉兒，小泥老虎，小泥人泥馬兒。」（《歧路燈》第六回）這種鑼又叫糖鑼、堂鑼，直徑在四五寸的樣子，用小棍敲打，主要用來吸引小孩或婦女。

再如串鈴：「那人道：『蔣二哥，你就差了。自古做官不貪，賴債不富。想著你當初不得地時，串鈴兒賣膏藥，也虧了這位魯大哥扶持你。今日就到這田地來！』」（《金瓶梅》第十九回）「此人東門外有名的趙搗鬼，專一在街上賣杖搖鈴，哄過往之人。他那裡曉的甚脈息病源。」（同上第六十一回）「這老殘既無祖業可守，又無行當可做，自然『飢寒』二字漸漸的相逼來了。正在無可如何，可巧天不絕人，來了一個搖串鈴的道士，說是曾受異人傳授，能治百病，街上人找他治病，百治百效。所以這老殘就拜他為師，學了幾個口訣。從此也就搖個串鈴，替人治病糊口去了，奔走江湖近二十年。」（《老殘遊記》第一回）這種串鈴又叫響環：「一個搖響環的過路郎中，因在大門下避雨，看門人與他閒白話，說到這干血癆病症救不活的。」（《醒世姻緣傳》第八回）串鈴還有一個名字叫做鐵圈：「一日正在店裏做生意，見一個醫生，背了一個草藥箱，手內拿著鐵圈，一路搖到他店裏買飯，把李良雨不轉睛的看。」（《型世言》第三十七回《西安府夫別妻，合陽縣男化女》）「串鈴」也罷，「響環」「鐵圈」也罷，其實就是一串中空的銅環，套在手上擺動發聲。它本是道教方士行醫時引人注意的專門用具，後來成為「走方郎中」通用的標識。因此，人們也就將這種郎中叫做「鈴醫」。

有一種響器叫得很別致——「驚閨葉」：「冉貴卻裝了一條雜貨擔兒，手執著一個玲瓏瑯琅的東西，叫做個『驚閨』，一路搖著，徑奔二郎神廟中來。」（《醒世恒言》第十三卷《勘皮靴單證二郎神》）「正說著，只見遠遠一個老頭兒，斯琅琅搖著驚閨葉過來。潘金蓮便道：『磨鏡子的過來了。』」（《金瓶梅》第五十八回）「卻說那日，孫雪娥與西門大姐在家，午後時分無事，都在大門首站立。也是天假其便，不想一個搖驚閨的過來——那時賣脂粉、花翠生活，磨鏡子，都搖驚閨。」（同上第九十回）此處所謂「驚閨葉」，簡稱「驚閨」，又叫「驚繡」，乃是一種像小鉦而稍厚的響器。也就是一串「鐃」，裝在貨郎的小鼓上，上下晃動時發出「斯琅琅」的聲響，用以驚動閨中婦女而招攬生意。

與「驚閨葉」相對的另一種響器叫做「報君知」，很有調侃趣味：「到初四日早飯過後，暖雪下樓小解，忽聽得街上當當的敲響。響的這件東西，

喚做『報君知』，是瞎子賣卦的行頭。」(《古今小說》第一卷《蔣興哥重會珍珠衫》)「恰遇一個瞽目先生敲著『報君知』走將來，文若虛伸手順袋裏摸了一個錢，扯他一卦，問問財氣看。」(《拍案驚奇》卷之一《轉運漢遇巧洞庭紅，波斯胡指破鼉龍殼》)所謂「報君知」也者，就是「告訴您知道」的意思，當然，也就是通過敲打金屬器皿而發出叮叮噹當的聲音告訴你：我來了。

以上所介紹的多半是金屬類響器，至於竹木類的響器則有「磕竹」和「路莊板」：「晁大舍慌了手腳，岳廟求籤，王府前演禽打卦，叫瞎子算命，請巫婆跳神，請磕竹的來磕竹，請圓光的圓光，城隍齋念保安經，許願心，許叫佛，許拜斗三年，許穿單五載；又要割股煎藥：慌成一塊。」(《醒世姻緣傳》第四回)「於是要邀了薛如卞兄弟同進廟去算命，說道：『我們這裡打路莊板的先生真是瞎帳，這是江右來的，必定是有些意思的高人。我曾聽說禽堂五星，又且極準。我們大家叫他推算一推算。』」(同上第六十一回)「街上一個打路莊板的瞎子走過。相大舅叫他進來，與狄希陳起課，說是『速喜』，時下就到。相大舅打發了瞎子的課錢。」(同上第七十六回)《醒世姻緣傳》中所說的「磕竹」也罷，「打路莊板」也罷，其實就是算命先生招徠顧客的一種響器，多半是用兩片竹板或鐵梨木板相互敲打而發出響聲。

除金屬、竹木以外，還有皮革製作的響器串鼓：「燕青一手撚串鼓，一手打板，唱出貨郎太平歌，與山東人不差分毫。」(《水滸傳》第七十四回)此處所謂串鼓，亦即撥浪鼓，又叫蛇皮鼓。貨郎用時以手撚動鼓柄，鼓之兩耳上長線拴著的小小鼓錘自然而然不停地敲擊鼓面，發出「撥浪浪」的聲音，以招徠顧客。

有些酒店茶樓，為了把生意做大，還專門雇請了一些民間歌唱家、音樂家在那兒獻藝，或吹笛子，或唱小調，這其實也是一種更高層次的聲響廣告。如《古今小說》第十一卷《趙伯升茶肆遇仁宗》一篇中就有這方面的描寫：「時值秋雨紛紛，趙旭坐在店中。店小二道：『秀才，你今如此窮窘，何不去街市上茶坊酒店中吹笛，覓討些錢物，也可度日。』」《水滸傳》第三十八回也描寫了在酒店中賣唱的女郎：「只見一個女娘，年方二八，穿一身紗衣，來到跟前，深深的道了四個萬福。……那女娘道罷萬福，頓開喉音便唱。」如此等等，不一而足。

二、幌子廣告

「幌子」的「幌」，本指帷幔、窗簾之類。因為「幌」又有「搖動」的意思，所以，「幌子」就可用來指酒簾酒旗等晃動的酒家標誌，到後來，更是可以泛指所有晃動的或外露的商家標誌。

當然，「幌子」最常見的用法還是指酒簾酒旗。在中國古代小說中，寫到「幌子」最多的應該是《水滸傳》。

有時，它直接叫做「酒旗」「酒斾」。如：「林沖踏著雪只顧走，看看天色冷得緊切，漸漸晚了。遠遠望見枕溪靠湖一個酒店，被雪漫漫地壓著。但見：……千團柳絮飄簾幕，萬片鵝毛舞酒旗。」（《水滸傳》第十一回）「且說楊雄、石秀取路投梁山泊來，早望見遠遠一處新造的酒店，那酒旗兒直挑出來。」（同上第四十七回）「三個人轉灣抹角，來到州橋之下，一個潘家有名的酒店。門前挑出望竿，掛著酒斾，漾在空中飄蕩。」（同上第三回）

有時，它又被稱之為「望子」「招旗」。如：「又行不到三五十步，早見丁字路口一個大酒店，簷前立著望竿，上面掛著一個酒望子，寫著四個大字道：『河陽風月』。轉過來看時，門前一帶綠油闌干，插著兩把銷金旗，每把上五個金字，寫道：『醉裏乾坤大，壺中日月長。』」（《水滸傳》第二十九回）「望見前面有一個酒店，挑著一面招旗在門前，上頭寫著五個字道：『三碗不過岡。』」（同上第二十三回）

《水滸傳》而外，其他小說也有不少寫到這種「酒幌子」。如：「賈政聽了，笑向賈珍道：『正虧提醒了我。此處都妙極，只是還少一個酒幌。明日竟作一個，不必華麗，就依外面村莊的式樣作來，用竹竿挑在樹梢。』……大家想著，寶玉卻等不得了，也不等賈政的命，便說道：『舊詩有云：「紅杏梢頭掛酒旗」。如今莫若「杏簾在望」四字。』」《紅樓夢》第十七、十八回）

幌子廣告除了酒家可用之外，其他行業也是可以「照葫蘆畫瓢」的。如算命的、相面的先生們就經常拿著這樣的「招兒」「招牌」：「正悶坐間，只見一個先生，手裏執著一個招兒，上面寫道『如神見』。俞良想是個算命先生，且算一命看。」（《警世通言》第六卷《俞仲舉題詩遇上皇》）「將及到家之際，遇見一個全真先生，手執招牌，上寫著『風鑒通神』。元普見是相士，正要卜問子嗣，便延他到家中來坐。」（《拍案驚奇》卷二十《李克讓竟達空函，劉元普雙生貴子》）

還有一種最具有「臨時性」特色的幌子廣告——草標。《水滸傳》中林沖

買刀時遇到過：「見一條大漢，頭戴一頂抓角兒頭巾，穿一領舊戰袍，手裏拿著一口寶刀，插著個草標兒，立在街上，口裏自言自語說道：『不遇識者，屈沉了我這口寶刀！』」（第七回）後來，楊志賣刀時也用過：「當日將了寶刀，插了草標兒，上市去賣。」（第十二回）在其他的章回小說中，也有這種插草標賣武器的描寫。聊看二例：「早見一個異樣漢子，手捧一把寶劍，上插著草標。公子知道是賣劍的，走至馬雲面前，伸手接過寶劍，抽出鞘來，略略照了一眼，只見寶光射目。」（《五美緣》第三回）「金兵初破城池，有人入府庫中，取得大頭領這杆藤纏鐵棍，嫌他重大不便使用，遂插了草標在街頭貨賣。」（《後水滸傳》第三十六回）

　　除了賣兵器而外，在賣其他東西的時候也可以插上草標。在《儒林外史》中，著名的「范進中舉」的故事中就有插草標賣雞一段：「見范進抱著雞，手裏插個草標，一步一踱的東張西望，在那裡尋人買。」（第三回）還有賣鍋的也插草標：「只存得一隻鍋兒，要把去賣幾十文錢來營運度日。旁邊卻又有些破的，生出一個計較，將鍋煤拌著泥兒塗好，做個草標兒，提上街去賣。」（《醒世恒言》第二十九卷《盧太學詩酒傲公侯》）當然，也有插草標賣衣服的：「等到十月，過了小雪，及至十二月，到了小寒，不見他來贖取，凡遇趕集，瞞了狄員外把這皮襖插了草標去賣。」（《醒世姻緣傳》第六十七回）還有賣皮箱的也可插草標：「他家裏皮箱還有七八隻，可都空了；箱子也插上草標賣了，真是吃的在肚裏，穿的在身上，黑夜裏開著大門睡也不礙事。」（《糊塗世界》卷之六）高雅一點的，也可以插草標賣文化用品，譬如上面有名人書畫的扇子：「步到城隍廟前，忽見一個老人家，手中拿著一把金扇，折著半面，插著個草標在上。燕白頷遠遠望見，見那扇子上字跡寫的龍蛇飛舞，十分秀美，因問道：『那扇子是賣的麼？』那老人家道：『若不賣，怎插草標？』」（《平山冷燕》第十九回）尤其值得注意的是，這裡的老人家說得很清楚：「若不賣，怎插草標？」可見無論什麼東西，一插上草標，就意味著是拿來賣的。

　　最可怕則不是這些插草標賣東西的廣告，而是插草標「賣人」的廣告！

　　有時候，是賣別人：「看見一老者愁眉蹙額，攜著一子，約有十一二歲，頭上插一草標，口稱負了富室宿逋五金，願賣此子以償前債。」（《豆棚閒話》第五則）「時大兵凱旋，俘獲婦口無算，插標市上，如賣牛馬。」（《聊齋誌異‧亂離二則》）

當然，也有賣自己的：「事到頭來不自由，只得手中拿個草標，將一張紙寫著『賣身葬父』四字，到靈柩前拜了四拜。」（《拍案驚奇》卷二十）「大王一笑：『勿說得罪，爾是白面書生，手無縛雞之力，上陣未見交鋒。□上飛鵝，豈不是插標賣首，自投羅網之內。』」（《大漢三合明珠寶劍全傳》第二十五回）

甚至還有假裝賣自己的：「小樓出門之後，另是一種打扮：換了破衣舊帽，穿著苧襪芒鞋，使人看了，竟像個卑田院的老子，養濟院的後生，只少得一根拐捧，——也是將來必有的家私。這也罷了，又在帽檐之上插著一根草標，裝做個賣身的模樣。」（《十二樓·生我樓》第一回）這種文字，一般小說中很難見到，只有李漁這樣的「一夫不笑是吾憂」的喜劇作家，才會有這種「創意」。

然而，羅貫中的另一個創意也饒有趣味。他居然讓筆下的人物拿別人的腦袋開玩笑來抬高自己：「公謂操曰：『吾觀顏良，如插標賣首耳！』」（《三國志通俗演義》卷之五《雲長策馬刺顏良》）不過，關雲長還是說到做到了，他真的以迅雷不及掩耳之勢砍掉了顏良的腦袋，使玩笑變成了事實。在神勇無比的關老爺面前，顏良這位河北名將就是一個插著草標賣腦袋的。

三、實物廣告

實物廣告就是將你要販賣的實物擺在顯眼的地方，以期引起顧客的注意。這是一種最原始的廣告形式。

《水滸傳》裏寫到肉鋪、酒店經常採取這種極具感官刺激的實物廣告。如：「且說鄭屠開著兩間門面，兩副肉案，懸掛著三五片豬肉。鄭屠正在門前櫃身內坐定，看那十來個刀手賣肉。」（第三回）「早望見一個酒店，門前懸掛著牛羊等肉，後面屋下，一簇人在那裡賭博。樂和見酒店裏一個婦人坐在櫃上。」（第四十九回）

還有更簡陋的實物廣告，那多半出現於窮鄉僻壤之中。如：「走了半日，見道旁一座破寺，旁邊有三五家人家，大柳樹兩三株。草房三間，一張桌子，放了一尊小彌勒佛，靠個炊餅，乃是村間一個飯鋪子。」（《歧路燈》第七十二回）小彌勒佛的肚皮是很大的，旁邊靠一個炊餅，是在明明白白地告訴過往行人：要想你的肚皮像彌勒佛一樣「飽滿」，請吃本店的炊餅。這是多麼簡練而寫意的實物廣告啊。

　　當然，還有一種流動實物廣告，就像我們今天的商品小推車一樣：「他有個道理，把盛油的桶兒，一面大大寫個『秦』字，一面寫『汴梁』二字，將油桶做個標識，使人一覽而知。以此臨安市上，曉得他本姓，都呼他為秦賣油。」（《醒世恒言》第三卷《賣油郎獨佔花魁》）雖然秦小官這樣做的目的只是為了標明本姓，好尋找失散多年的親人，但在客觀上卻形成了一種流動實物廣告。

四、門面廣告

　　店鋪開到一定程度的「大」，就要有一點門面意識了。於是，在門口、牆邊、窗下，或寫上一些字句，或畫上一些人物，或乾脆掛一塊「金字招牌」。這樣，既做了宣傳，又美化了環境，有時還體現了店鋪主人的文化素養，何樂而不為？

　　先舉一個普通的例子：「只見一家掛著招牌，上寫『盛老實老店』。」（《枕上晨鐘》第五回）這塊招牌表面上看夠「老實」的了，因為所謂「盛老實」其實就是店主的渾名。而實際上，這塊招牌卻內藏兩大玄機。第一，店主渾名為老實，可見童叟無欺。正如他自己後來解釋的：「這是在下渾名，因從來老實，再不虛謊，故此外邊就順口叫出了名。」第二，這還是一家「老店」。既然是老店，那就是做了相當長時間的生意了，既然相當長時間還在做生意，證明生意還不錯甚至是很不錯。有了這兩條，你不想住這樣的店都不行。

　　當然，像上述這樣的小伎倆，正如該書所言，不過「是店家舊套，不足為奇」。更會做這種廣告的大有人在，而且還不是《水滸傳》中那些普通的老闆，而是《歧路燈》中間那些生意場中的「文化人」。且看數例：

　　「拐彎抹角，記的土地廟兒，照走過的小巷口，徑上碧草軒來。及到門口，一發改換了門戶，一個小木牌坊上，寫了四個大字『西蓬壺館』，下贅『包辦酒席』四個小字。坊柱上貼了一個紅條子，寫的本館某月某日雅座開張。」（《歧路燈》第八十八回）

　　「閣楷掃除房屋，裱糊頂槅，排列書架，張掛對聯，選擇了吉日開張。……懸出新彩黑髹金字兩面招牌，一面是『星輝堂』三個大字，一面是『經史子集，法帖古硯，收買發兌』十二個小字。」（同上第九十八回）

　　「胡其所流落京城，每日算卦度日。後來搭了南來的車，又回本籍。收

了一個沒根蒂哩幼童，做了徒弟。遂在北道門賃了一所房子，寫了『胡其所風水選擇』報單，貼在門首。渾身綢帛，滿口京腔，單等人來請他。」（同上第六十一回）

當然，《水滸傳》中的「廣告人」也並非在這方面一味寂寞，有時也會露上一小手：「看見前面一所靠溪客店，三個人行到門首看時，但見：……右壁廂一行書寫：門關暮接五湖賓。左勢下七字句：庭戶朝迎三島客。」（《水滸傳》第四十六回）這樣的門面廣告，還是很有「氣勢」的。

除了《歧路燈》和《水滸傳》以外，其他小說作品中也有這種文化人製作的門面廣告：「且說花笑人別兄之後，計劃已定，同一弟花雋人，到城邊衝要處，尋一所寬超房屋，創置得十分精雅。門面前釘一片砂綠小匾額，題曰『杏花村』。外門上有一對聯，是：『牧童住笛披雲指，遊子提壺帶月敲。』內間座頭上面也有一對聯，是：『杏花村專引仙家來鶴駕，茅店月能催俠客舞雞聲。』……那上寫著『花笑人安寓仕宦客商』。」（《錦繡衣》第二戲《換嫁衣》）這是何等的高雅，何等的有文氣。

然而，對於那些小本經營的手工業者或醫家、戲班、商戶，這種門面招牌可就簡明扼要的多了，因為他們花不起更多的「廣告」工本費，只好以「實用」為主。也看幾例：

木匠：「張權與渾家商議，離了故土，搬至蘇州閶門外皇華亭側邊，開了個店兒。自起了個別號，去那白粉牆上寫兩行大字，道：『江西張仰亭精造堅固小木家火，不誤主顧。』」（《醒世恆言》第二十卷《張廷秀逃生救父》）

藥鋪：「剛剛走得三百餘步，就有一個白粉招牌，上寫著道：『積祖金鋪出賣川廣地道生熟藥材。』」（《醒世恆言》第三十八卷《李道人獨步雲門》）

醫生：「遂在門前橫弔起一面小牌，寫著『懸壺處』三個字。直豎起一面大牌，寫著『李氏專醫小兒疑難雜症』十個字。鋪內一應什物傢伙，無不完備。」（同上）

戲班：「有三座店，他還貼著個紅貼，寫著『蘇杭新到對子戲班寓此』十個大字。」（《小奇酸志》第二十回）

雕玉匠：「就潭州市裏討間房屋，出面招牌，寫著『行在崔待詔碾玉生活』。」（《警世通言》第八卷《崔待詔生死冤家》）

算命先生：「時值鄉試之年，忽一日，黃勝、顧祥邀馬德稱，向書鋪中去

買書，見書鋪隔壁有個算命店，牌上寫道：『要知命好醜？只問張鐵口！』」（《警世通言》第十七卷《鈍秀才一朝交泰》）

相面先生：「又只見個布招牌寫著『江右姚夏封神相驚人』，又見牌上寫著兩句道：『一張鐵嘴說盡人間生與死，兩隻俊眼看見世上敗和興。』」（《五美緣》第五回）

然而，就是這極其簡陋的門面廣告，有些商家也挖空心思，立志要將「門面」上的這點文字寫得有藝術性，其實是文字遊戲。對此，《施公案》多有表現：「四顧一望，只見路西里掛著茶牌，上寫著：『揚子江心水，蒙山頂上茶。』粉皮牆上還寫著：『家常便飯。』」（第一百零五回）「只見店門收拾齊整鮮明，門櫃上有一付對子，左邊是：『興隆客投興隆店』；右邊是：『發財人進發財門』。影壁上四個大字：『張家老店。』」（第一百二十七回）

有時候，這種文字遊戲玩的過分了，便有些自欺欺人甚或不倫不類：「玉峰自出招牌，怪頭怪腦，迥然不同。寫著：『申玉峰京傳御醫世家方脈。』把招牌矗出。……那提燈號著：『岐黃濟美，華扁流芳。』」（《生綃剪》第九回《勢利先生三落巧，樸誠箱保倍酬恩》）

五、招貼廣告

招貼廣告與門面廣告有些相近，但二者之間有一個最大的區別點。門面廣告是做在自家門前的相對固定的廣告，而招貼廣告則到處可以張貼，有些接近於今天的海報之類。但招貼廣告的惡性發展，便是今天大家都感到很討厭的街道社區的「牛皮癬」。

招貼廣告可以用來搞「租賃」。如：「且說盛希僑不耐旅舍繁囂，早起即叫能幹家人另覓京城出賃房屋。這家人出街，看了柵欄牆頭『賃官居住，傢伙俱備』的報單，照著所寫胡同覓去，找到繩匠胡同嚴府花園南邊路東一所趙姓的宅子。」（《歧路燈》第一百三回）

也可以用來做演出海報：「老殘從鵲華橋往南，緩緩向小布政司街走去。一抬頭，見那牆上貼了一張黃紙，有一尺長，七八寸寬的光景。居中寫著『說鼓書』三個大字，旁邊一行小字是『二十四日明湖居』。那紙還未十分乾，心知是方才貼的，只不知道這是甚麼事情，別處也沒有見過這樣招子，一路走著，一路盤算。」（《老殘遊記》第二回）

有時，甚至是許多戲園報帖紛至沓來、繁花似錦：「街頭看見戲園報帖，

某日某班早演，某日新出某班亮臺，某日某班午座清談平話、雜耍、打十番，某日某樓吞刀吐火，對叉翻筋斗。」（《歧路燈》第一百三回）這種招貼廣告，足以讓人眼花繚亂，僅僅比當今「牛皮癬」高那麼一層箋片。

六、綜合廣告

廣告的最終目的是讓盡可能多的人盡快瞭解廣告人所要宣傳的內容。為了達到這一目的，廣告製作者可謂費盡心機、絞盡腦汁，盡可能地將自己的廣告做得豐富多彩、引人注目。這樣一來，依靠上述任何一種廣告形式或手段都很難達到最佳效果。於是，將多種手段綜合運用的廣告形式就應運而生了。其實，這也是廣告業發展的必然。有幸的是，可愛的古典小說作家們在各自的作品中給我們留下了這方面不少成功的範例。

先看幌子廣告與實物廣告的結合：「兩個解開衣襟，又行少是一里多路，來到一處，不村不郭，卻早又望見一個酒旗兒，高挑出在林樹裏。來到林木叢中看時，卻是一座賣村醪小酒店。但見：……飄飄酒旗旆舞金風，短短蘆簾遮酷日。磁盆架上，白泠泠滿貯村醪。瓦甕灶前，香噴噴初蒸社醞。」（《水滸傳》第二十九回）酒旗兒是「幌子」廣告，而「磁盆架上」「瓦甕灶前」擺著的「白泠泠」「香噴噴」的村醪社醞則是「實物」廣告。這樣，就由遠及近，由抽象到具體，更進一步強化了過客的「酒意識」。走到這樣的地方，喉嚨裏的「酒蟲兒」不向上爬才怪哩！

當然，這種結合不光是酒家專利，其他行業也可偶一為之：「看見一點心鋪，門首擺著許多雜色點心，熱氣騰騰，鋪門首掛著兩面幌子，又有幾把水壺。」（《五美緣》第三十六回）「今日且說個賣卦先生，姓李名傑，是東京開封府人，去兗州府奉符縣前，開個卜肆，用金紙糊著一把太阿寶劍，底下一個招兒，寫道：『斬天下無學同聲。』」（《警世通言》第十三卷《三現身包龍圖斷冤》）

再看門面廣告和幌子廣告的聯姻：「三人當下離了松林，行到晌午，早望見官道上一座酒店。但見：古道孤村，路傍酒店。楊柳岸曉垂錦旆，杏花村風拂青簾。劉伶仰臥畫床前，李白醉眠描壁上。」（《水滸傳》第九回）「只見官道旁邊，早望見一座酒肆望子挑出在簷前。看那個酒店時，但見：……壁上描劉伶貪飲，窗前畫李白傳杯。」（同上第二十九回）一邊是酒旗兒飄飄，一邊是酒仙們逍遙。現實世界與歷史人物結合在一起，散發著「酒」的文化氣

息，使你很難繼續邁步前行。

再看點有聲有色的：「夏鼎滿面羞慚，只得起身而去。走到娘娘廟街口，只見一個起課先生在那裡賣卜。那先生看見夏鼎腳步兒一高一下，頭兒擺著，口內自言自語從面前過去，便搖著卦盒兒說道：『謁貴求財，有疑便卜，據理直斷，毫末不錯。——相公有甚心事，請坐下一商。』這夏鼎走投無路，正好尋個歇腳，便拱一拱手，坐在東邊凳兒上。先生問道：『貴姓？』夏鼎道：『賤姓夏——夏鼎。請問先生貴姓？』先生回頭指著布幌兒說道：『一念便知。』夏鼎上下一念，上面寫道：『吳雲鶴周易神卜，兼相陰陽兩宅，並選擇婚葬日期。』」（《歧路燈》第三十七回）這其實是幌子廣告和聲響廣告的結合。不過，這種幌子又有點門面廣告的意味。

有聲有色的廣告如果加上移動性，那效果可就好得出奇了。且看：「吳用戴一頂烏縐紗抹眉頭巾，穿一領皂沿邊白絹道服，繫一條雜綵呂公條，著一雙方頭青布履，手裏拿一副賽黃金熟銅鈴杵。李逵戧幾根蓬鬆黃髮，綰兩枚渾骨丫髻，黑虎軀穿一領粗布短褐袍，飛熊腰勒一條雜色短鬚條，穿一雙蹬山透土靴，擔一條過頭木拐棒，挑著個紙招兒，上寫著：『講命談天，卦金一兩。』……吳用手中搖著鈴杵，口裏念四句口號道：『甘羅發早子牙遲，彭祖顏回壽不齊。范丹貧窮石崇富，八字生來各有時。』吳用又道：『乃時也，運也，命也。知生知死，知因知道。若要問前程，先請銀一兩。』說罷，又搖鈴杵。北京城內小兒，約有五六十個，跟著看了笑。」（《水滸傳》第六十一回）怪模怪樣的道童，手裏舉著移動的幌子廣告，而打扮得有板有眼的算命先生，一邊搖著「賽黃金熟銅鈴杵」，發出誘人的聲響，一邊念念有詞，說著一些大人半懂不懂、小孩一竅不通的話語。這樣的師徒，這樣的聲情並茂的流動立體宣傳，當然會產生一時半刻的轟動效應。不然，怎麼會有五六十個大城市的小兒跟在後面看熱鬧呢？不然，怎麼又能將北京城中那大名鼎鼎的玉麒麟盧俊義騙上梁山呢？

更為有聲有色甚至達到「鬧劇」效果的，還是那麼一位「懷才不遇」而淪落到賣假老鼠藥的知識分子：「曹十三身邊拿著二十文淨錢，到那顏料店買了些上朱，急急覓了一塊黃泥。回到店中，將上朱和那黃泥研碎，搓成梧桐子大。要將草鼠做招頭，賣老鼠藥去也。不覺一圓圓了三五百顆，其餘剩下安放寓所，也不令主人知覺。將草鼠暗暗袖了，走到二里之外，東看西看，未敢捨臉就賣。只見閶門外弔橋河下，有一團人觀看，卻正是賣老鼠藥的。曹

十三也挨進去看看，見他老鼠招頭有三四十個，口裏嘮嘮叨叨高聲大叫：『賽狸貓，老鼠藥。大的吃了跳二跳，小的聞聞兒就跌倒。』曹十三心中道：『俗煞，俗煞！我另到一處去試試。』走向西去一二里，人煙輳集。將這草鼠弔起來，……不免大叫起來：『老鼠藥，老鼠藥，買了家家睡得著。錦詩書，繡衣裳，美珍饈，不用藏！天上天下老鼠王，惹著些兒斷了腸！』將這草鼠高高擎起，掉來掉去。就有一般小廝們跟緊了看。曹十三立定，又叫一通。」（《生綃剪》第十一回《曹十三草鼠金章，李十萬恩山義海》）結果，這位曹十三先生就用染過顏料的黃泥顆粒掘到了他的「第一桶金」。這真是當今販賣假藥的不法商人的老祖宗。不過，他的聲響廣告卻是很有文化檔次的。

還有三種或三種以上的廣告形式相結合的範例。且看：「只見一個錫匠，手提一把走銅酒注子，上插草標一根，一隻手拿了一柄烙鐵，口中長聲喝道：『打壺瓶！』」《歧路燈》第三十八回）這裡，「銅酒注子」是實物廣告，「草標」是幌子廣告，「長聲喝道」是聲響廣告。短短的幾十個字，李綠園就給我們寫出了一個三結合的廣告形式。

施耐庵也不示弱，他也會寫大型綜合廣告：「智深道離了鐵匠人家，行不到三二十步，見一個酒望子挑出在房檐上。……出得店門，行了幾步，又望見一家酒旗兒直挑出在門前。……智深情知不肯，起身又走，連走了三五家，都不肯賣。智深尋思一計：『若不生個道理，如何能勾酒吃。』遠遠地杏花深處，市梢盡頭，一家挑出個草帚兒來。智深走到那裡看時，卻是個傍村小酒店。但見：傍村酒肆已多年，斜掩桑麻古道邊。白板凳鋪實客坐，矮籬笆用棘荊編。破甕榨成黃米酒，柴門挑出布青簾。更有一般堪笑處，牛屎泥牆畫酒仙。」（《水滸傳》第四回）這裡既有幌子廣告，又有實物廣告，還有門面廣告。讀者可自己尋找。需要說明的只有一點，魯智深最後去的那一家酒店「挑出個草帚兒來」，應該理解為這是最原始的幌子廣告。因為所謂「草帚兒」，其實就是一把「草標」，是草標的擴大化。

如果是很多家商販擁擠在一起，那可就形成「廣告大賽」了：「酒簾兒飛在半天裏，繪畫著呂純陽醉扶柳樹精，還寫道：『現沽不賒』。藥晃兒插在平地上，伏侍的孫真人針刺帶病虎，卻說是『貧不計利』。飯鋪前擺設著山珍海錯，跑堂的抹巾不離肩上。茶館內排列著瑤草琪花，當爐的羽扇常在手中。……飴糖炊餅，遇兒童先自誇香甜美口。銅簪錫鈕，逢婦女早說道減價成交。」（《歧路燈》第三回）這是小說家筆下開封吹臺三月三廟會的盛況。造

成這種「積氣成霧，哈氣如雷」的盛大局面的內動力便是商業活動，而商業活動的主人公就是商人與顧客，而聯繫商人與顧客中間的一道橋樑就是廣告——多姿多彩的廣告。

當然，中國古代小說中的廣告無論如何也趕不上現實生活中的廣告那麼多姿多彩；進一步「當然」，古人現實生活中的廣告無論如何也趕不上現代人現實生活中的廣告那樣絢爛多姿。

不然，怎麼會在高校中出現「廣告」這個專業呢？

令奸雄難堪的絕妙引用

《三國志通俗演義》卷之一敘曹操與陳宮一起逃難，至「父親的拜義兄弟」呂伯奢家中，因聞莊后「縛而殺之」的話，誤殺呂伯奢一家八口。隨後，在路上又有意殺害了熱情接待他的呂伯奢。面對陳宮的指責，曹操說出了一句最能體現他人生哲學的名言：「寧使我負天下人，休教天下人負我。」他的理由是：「伯奢到家，見殺死親子，安肯罷休？吾等必遭禍矣。」

曹操這樣的極端利己哲學自然被人們所唾棄。陳宮因此而離開了他，《三國志通俗演義》的作者也在書中評議：「曹操說出這兩句話，教萬代人罵。」

然而，事情並非這麼簡單。曹操的極端利己哲學雖然在更多的時候被人們所唾罵，但歷史上服膺曹操此論者也非絕無僅有。更有些人，表面上仁義道德、大公無私，而實際上比曹操所作所為更加令人不齒，反倒不如曹操公開發表「利己宣言」來得痛快明白。

有趣的是，還真有人將曹操的極端利己哲學「活學活用」，尤其是將曹操的那句名言公然引用，成為自己行動的宣言和指南。這一人物也出現在中國古代小說中，他就是《繡戈袍》中的王廷桂。

王廷桂與當地富戶刁南樓的妻子素娥通姦，素娥害怕姦情暴露，竟然寫信給王廷桂，要他用毒藥害死刁南樓。王廷桂接到素娥的信以後，書中有一段相當不錯的人物心理描寫。那句名言的引用，就在這一片斷之中：

> 那廷桂看了這個話，真道是悶香失靈，南樓知悉，一時錯足，性命可憂，自作自受。獨念家中有七旬的壽母，無人奉祀。難獨罷手不成？好不怕懼。再復誦函一遍，自說道：此事雖關陰騭，但曹

> 操有云：寧可我負天下人，不可使天下人負我。此是出於無奈。況
> 他治家不嚴，倒有個可死的罪。一不造，二不收，我就合藥與他罷。
>
> （《繡戈袍全傳》第七回）

曹操如果知道了這種引用，一定會大為光火的，因為那樣也太低級趣味了。另外，也有點高射炮打蚊子——大材小用的意味。如此至理名言，竟服務於姦情謀殺，豈不令奸雄有幾分鬱悶？

最明智的焚書者

《三國志通俗演義》中的曹操有一個驚人之舉讓後世的讀者或評論家讚歎不已。那是一種什麼樣的行為呢？

當時，袁紹「前後續添大軍七十五萬」，而曹操「盡數起兵，得七萬人」，雙方對峙於官渡。由於曹操一系列正確的決策和袁紹一系列錯誤的行為，最終曹操戰勝了袁紹，創造了《三國志通俗演義》中所描寫的一次以少勝多的著名戰例——官渡之戰。然而，當曹操攻到袁紹的大本營時，一件出人意料的事情發生了：

> 操大獲勝捷，所得金寶緞帛給賞軍士。於圖書中忽檢出書信一束，皆許都及曹軍中諸人暗通之書。荀攸曰：「可逐一點對姓名，收而殺之。」操曰：「當紹之強，孤亦不能自保，況他人乎？」盡皆將書焚之，遂不再問。史官有詩曰：盡把私書火內焚，寬宏大度播恩深。曹公原有高光志，贏得山河付兒孫。（卷之六《曹操烏巢燒糧草》）

曹操這一番舉動，確實是不同凡響。在體現自己大度的同時，更能夠使那些當時曾經給袁紹「暗送秋波」的人放下心來。因為那些人當時之所以寫下通敵獻媚的書信，多半是出於不得已。試想，以七萬曹軍對敵七十五萬袁軍，這場戰爭究竟有多大勝算？正如曹操所言：「當紹之強，孤亦不能自保，況他人乎？」因此，在那種情況下，有些人為自己留一條後路是可以理解的。當然，這種未戰而先通敵的行為是絕不可能放縱姑息的，按照一般情況而言，是應該抓起來治罪的。其實，就當時的情勢而言，如果寫這種通敵信件的只有一兩個人，曹操很有可能會大發雷霆，盡快「收而殺之」。然而，這次犯罪

的人實在太多，是「書信一束」，而且是「許都及曹軍中諸人」。也就是說，從前線到後方，曹操部下寫這種通敵信者大有人在。如果按照荀攸的建議，「逐一點對姓名」，抓起來一個一個殺掉，那可是一場極大範圍的屠殺，而且是曹操政治集團內部一次罕見的集體大屠殺。這麼一來，曹操會在很大程度上大傷元氣，同時也大失人心，甚至會造成極大的混亂，導致曹操集團的一蹶不振。正是考慮到這些深層次的因素，曹操才睜一隻眼閉一隻眼，裝出一副寬宏大度的姿態，赦免了那些大逆不道的動搖分子。這，大概就是史官所謂「高光志」吧。不過話說回來，並不是所有的政治家都有這種寬宏大度的「高光志」的，曹操做到了這一點，他才成為千古第一奸雄，才能「贏得山河付兒孫」。

榜樣的力量是無窮的。在《三國志通俗演義》以後一百多年出現的另一部章回小說《大紅袍全傳》中，居然又有一個寬宏大度的大人物閃亮登場。這位大人物就是海瑞，不過他當時官卑職小，僅任歷城縣令。

> 卻說海瑞吩咐已畢，便與眾兵丁一齊來到行轅。海安業已將冠帶拿來伺候，海瑞整冠束帶，來見國柱。國柱起身迎接直：「貴縣辛苦了，請坐。」瑞告坐畢，呈上搜得劉東雄私書一束，共三十六箭，都是嚴嵩及各部並本省的官員往來關目利弊的書信。國柱看了，對海瑞說道：「此項書札，若復留之，只恐他們不安，莫如焚之，以安眾官之心如何？」海瑞恭身道：「大人所見甚是。」隨令人取火至當面焚之。（第三十八回）

此處的國柱姓錢，「乃是浙江嚴州人，由武狀元出身，歷任到提督，平生耿直，不避權貴」。（同上第三十七回）此處海瑞「焚私書」的明智之舉，其實是在錢國柱的指導之下進行的。或者從某種意義上講，應該就是錢國柱的行為。進而言之，錢國柱的這種行為較之曹孟德的大致相同的行為而言，其間的意義是不大一樣的。同樣是焚燒「問題信件」，曹孟德是多多少少有一點出於不得已，是純粹的收買人心，是奸雄的處世伎倆。而錢國柱的焚書，則是站在與己無關的立場上對他人的關心和同情，也是從某種意義上對地方官海瑞乃至朝廷的一種幫助，是一個真正寬宏大量的善良者的行為。

文學史上有些事往往是「一而再再而三」的，這既是文學史的幸運，也是文學史的悲哀。說它幸運，是因為這種一而再再而三的表現，在一定意義上有助於文學史的發展；說它悲哀，是這種再三再四的表現往往會造成一些

低層次的重複，而文學創作是最忌諱重複的。

果不其然，我們在中國古代小說中到底還是出現了第三個「焚書者」，而且還是一位皇帝。事情的起因是一個大姦臣裏通外國，圖謀不軌，事情敗露後從他家中搜出許多違禁之物，其中救包括一些見不得人的「私書」。而這位皇帝居然也很大度，發布命令說：「這還了得，違禁之物及私書、回書一概火毀，不必波及他人。」（《聽月樓》第二十回）

當然，這位皇帝相對於朱元璋而言，確實算得上寬宏大量、宅心仁厚，無怪乎書中稱讚「這是天子的隆恩」。在皇權高於法律的封建時代，一個最高統治者能考慮到「不必波及他人」，已經是夠聖明了。但是，這只不過是就事論事而已，若從文學創作的角度看問題，皇帝的表現可是比曹丞相、海縣令「乾癟」多了。

拋開皇帝不說，如果進而一定要問《三國志通俗演義》和《大紅袍全傳》中的「焚私書」情節哪一個更為成功一些，這中間卻是沒有答案的。二者春花秋月、東泰西華，各有千秋，總之都是為塑造人物服務的。只不過有兩點讓《三國志通俗演義》的作者稍佔便宜：

第一，《三國志通俗演義》在前，《大紅袍全傳》在後，毫無疑問是後者學習前者。

第二，曹操是書中的主要人物，理應調動一切藝術手段塑造之，而錢國柱是個次要人物，塑造得再好也只能是「求其次」。相對而言，該書對頭號主人公海瑞的塑造是不夠豐滿的。

正因為這樣的問題多了，《大紅袍全傳》只能算作二三流的小說，而永遠無法與《三國志通俗演義》相提並論。

兄弟次序，何以為據？

　　這裡所說的「兄弟」，指的是結義兄弟，因為血緣關係的兄弟次序（包括堂兄弟、族兄弟）當然是以年齡大小為唯一標準的。然而，結義兄弟的排序問題，在中國古代小說中可就歧義紛呈了。

　　《三國志通俗演義》中的桃園結義，是中國小說史上最有名的兄弟結義。是書開卷第一回《祭天地桃園結義》寫得很清楚：「三人大喜，同到張飛莊上，共論天下大事。關、張年紀皆小如玄德，遂欲拜為兄。……誓畢，共拜玄德為兄，關某次之，張飛為弟。」

　　眾所周知，所謂桃園結義，其實是小說作者的創造，歷史上根本沒有這事，只不過在《三國志·關羽傳》中有「先主與二人寢則同床，恩若兄弟」這麼一句話，故而演成了劉關張桃園三結義這膾炙人口的故事。

　　歷史上的劉備出生於東漢桓帝延熹五年（162），而關羽、張飛二人的生年均不詳。故而無從考證他們年齡孰為大小。好在我們討論的只是小說，而小說中說得清清楚楚，是以年齡為根據決定兄弟次序的。

　　《水滸傳》中的梁山大聚義也可視為一種兄弟結義（包括占量極少的姐妹、叔侄、夫妻），但由於人數太多，顯得很龐雜。粗粗一看，無法判斷其排列兄弟次序的根據。但仔細一想，還是可以說出個子丑寅卯的。

　　首先，作者十分聰明地將這種兄弟次序的排列說成是「天意」。且看這段「迷人」的描寫：

　　　　是夜三更時候，只聽得天上一聲響，如裂帛相似，正是西北乾方天門上。眾人看時，直豎金盤，兩頭尖，中間闊，又喚做天門開，又喚做天眼開。裏面毫光射人眼目，霞彩繚繞，從中間卷出一塊火

> 來，如栲栳之形，直滾下虛皇壇來。那團火繞壇滾了一遭，竟攢入
> 正南地下去了。此時天眼已合，眾道士下壇來。宋江隨即叫人將鐵
> 鍬鋤頭，堀開泥土，根尋火塊。那地下堀不到三尺深淺，只見一個
> 石碣。正面兩側，各有天書文字。（第七十一回）

根據認得石碣上的蝌蚪文的何道士的解釋：「前面有天書三十六行，皆是天罡星。背後也有天書七十二行，皆是地煞星。下面注著眾義士的姓名。」這位何道士將這蝌蚪文名單一一翻譯出來，就是「梁山泊英雄排座次」。

其次，再看這名單中座次的排列，實際上是以江湖聲望為主的個人綜合素質的排序。在這裡，所行的是江湖上的潛規則，而不是朝廷的規章制度。在這裡，講的是「黑社會」價值取向，而非「白社會」的森嚴等級。

再次，如果深入挖掘一下，這種兄弟次序的排列，其實也並非作者一人所決定的。處於前面的三十多人，大多是「水滸」故事在民間流傳過程中的有「口碑」者，大多見於《宋江三十六贊》《宣和遺事》或「水滸戲」之中。關於這方面的情況，可參看本書《宋江「三十六人」的多種「版本」》一文。而地煞之數中的絕大多數人物，則是根據天罡中人「翻倍仿製」的。當然要排在後面。

總之，《水滸傳》中的「梁山泊英雄排座次」是作者結合人民的願望和自己的意見而最後作出的綜合選擇。

《西遊記》中的孫悟空等人是「師兄弟」，本不屬兄弟結義。如果一定要扯上一通的話，也沒有多少「話」好說，因為那是菩薩排定的：孫悟空、豬悟能、沙悟淨、白龍馬。誰還敢反對？即便不是菩薩排定的，也有個神通大小問題。誰還敢有異議？難道不怕金箍棒幌一幌、磕一磕嗎？

有趣的是，兄弟次序問題到了明代第四大奇書《金瓶梅》那兒，卻來了一個「與時俱進」的破天荒選擇——以金錢為標準。

> 只見吳道官打點牲禮停當，來說道：「官人們燒紙罷。」一面取
> 出疏紙來說：「疏已寫了，只是那位居長？那位居次？排列了，好等
> 小道書寫尊諱。」眾人一齊道：「這自然是西門大官人居長。」西門
> 慶道：「這還是敘齒，應二哥大如我，是應二哥居長。」伯爵伸著舌
> 頭道：「爺可不折殺小人罷了！如今年時，只好敘些財勢，那裡好敘
> 齒？若敘齒，還有大如我的哩。」……西門慶再三謙讓，被花子虛、
> 應伯爵一干人逼勒不過，只得做了大哥。第二便是應伯爵，第三謝

　　希大，第四讓花子虛，有錢做了四哥。其餘挨次排列。吳道官寫完
疏紙，於是點起香燭，眾人依次排列。吳道官伸開疏紙，朗聲讀道：
維大宋國山東東平府清河縣信士西門慶、應伯爵、謝希大、花子虛、
孫天化、祝實念、雲理守、吳典恩、常峙節、白賚光等，是日沐手
焚香，請旨。」（第一回）

　　好一個「如今年時，只好敘些財勢」！好一個「第四讓花子虛，有錢做了四
哥」！這就是《金瓶梅》世界告訴我們的金錢至上、金錢萬能，金錢可以改變
一切的人生「真諦」。什麼倫理道德，什麼情意深長，什麼自然法則，在金錢
面前都被撞做齏粉！

　　在金錢高於一切的晚明時代產生的《金瓶梅》，以金錢作為確定兄弟次序
的標準；而在劍俠小說甚囂塵上的晚清時代產生的《七劍十三俠》，卻又玩出
了新招——「以道分次第」。

　　所謂「七劍十三俠」，又稱「七子十三生」。小說中寫王守仁向皇帝彙報
時具體名單如下：「這就是臣所奏的七子十三生，玄貞子、一塵子、海鷗子、
霓裳子、飛雲子、默存子、山中子，凌雲生、御風生、雲陽生、傀儡生、獨孤
生、臥雲生、羅浮生、一瓢生、夢覺生、漱石生、鷦寄生、河海生、自全生。」
（第一百七十九回）

　　然而，這只是官方的排列，「七子」們私下的排列卻不一定是這樣。請看
該書另一處所言：「他們七個兄弟不以年紀論大小，都以道分次第。這飛雲子
卻是老三。他的劍術非同小可。」（第八回）

　　此所謂「道」，即道術也，工夫也，亦即民間所謂武功者，在劍俠之中就
是「劍術」。

　　相對於《金瓶梅》中的那些窮困的幫閒慫恿有錢人當老大而言，《七劍十
三俠》中這些俠客以劍術分次第的辦法應該更為合理一些。因為應伯爵等人
尊西門慶為大哥，無非是要吃西門、喝西門，沒錢用了拿西門而已，是一種
非常卑鄙齷齪的心態。而「七子」們「以道分次第」的做法，則是一種公平競
爭，是一種用工夫博得名譽的積極行為，當然就要高尚了許多，儘管它也是
不合常情常理的。

「八陣圖」與「盤陀路」

　　《三國志・蜀志・諸葛亮傳》說孔明先生「推演兵法，作八陣圖，咸得其要」。杜甫《八陣圖》詩亦云：「功蓋三分國，名成八陣圖。江流石不轉，遺恨失吞吳。」《全唐詩》於詩題下注曰：「諸葛亮八陣圖有三：一在夔，一在彌牟鎮，一在棋盤市。此在夔之永安宮前者。」

　　那麼，八陣圖究竟是個什麼樣子呢？且看明・曹學佺《蜀中廣記》卷五所引幾則資料：「《寰宇記》云：八陣圖在縣北三十里彌牟鎮。《蜀志》：亮推演兵法，作八陣圖，咸得其要。李膺《益州記》云：稚子闕北五里有武侯八陣圖，土城四門，中起六十四魁，八八為行。魁方一丈，高三尺。《緯略》曰：八陣圖在新都者，峙土為魁，植以江石，四門、二首、六十四魁。八八成行，兩陣並峙。周凡四百七十二步，魁百有三十也。」

　　《三國志通俗演義》中也有八陣圖的描寫，並沒有上述資料所記那麼「專業」，而主要是一種氣氛烘托和宏觀鳥瞰，再加上諸葛孔明之岳父黃承彥的一段概括性介紹，我們便對小說作品中的「八陣圖」有了一些瞭解：

　　　　前離夔關不遠，遜在馬上看見前面臨山傍江，一陣殺氣衝天而起。……遜見日將西沉，殺氣越加，心中猶豫，又令人探之，回報曰「江邊止有亂石八九十堆，並無人馬。」……遂引數騎下山坡來，直入石陣觀看。部將曰：「日暮矣，請都督早回。」遜方欲出陣，忽然狂風大作，一霎時，飛沙走石，遮天蓋地，但見怪石嵯峨，槎枒似劍；橫沙立土，重疊如牆；江聲浪湧，有如劍鼓之聲。……老人答曰：「老夫乃黃承彥也。昔小婿諸葛孔明入川之時，於此布下石陣，名『八陣圖』。反覆八門，按遁甲休、生、傷、杜、景、死、驚、

開。每日每時，變化無窮，可比十萬之精兵也。臨去之時，曾分付老夫道：『後有東吳大將迷於陣中，莫要引而出之。』老夫隱於此山，專學道義。卻才在於山岩之上，忽見將軍從『死門』而入，料想不識此陣，必然迷矣。老夫不忍，特自『生門』引出也。」遜曰：「公曾學否？」黃承彥曰：「變化無窮，不能學也。」遜慌忙下馬，拜謝而回。（卷之十七《八陣圖石伏陸遜》）

由上可見，諸葛亮所擺的八陣圖是非常宏偉壯闊的。不要小看那些橫沙、積土、亂石，當它們採取有意味的形式排列之後，就會產生巨大的威力。世界上萬事萬物，無論大小，就怕這種有序的積累。蜜蜂做巢，燕子壘窩，包括中國最偉大的建築——萬里長城，其實都是這種持之以恆的有序積累。八陣圖威力的另一面，就在它的「變」中的「不變」和「不變」中的「變」。表面上看起來完全一樣的東西中間，隱藏著千變萬化；反之，表面上看來亂七八糟的東西中卻又隱藏著可以尋覓的規律。因此，八陣圖中是隱藏著哲人的辯證思維的。

更有意思的是，上述八陣圖模式的後一點，亦即它的「變」中的「不變」和「不變」中的「變」這一點，又影響到《水滸傳》中的一段描寫——祝家莊中的盤陀路。

什麼是「盤陀路」？且看《水滸傳》中「石秀探莊」的收穫：

老人道：「我這村裏的路，有首詩說道：『好個祝家莊，盡是盤陀路。容易入得來，只是出不去。』」石秀聽罷，便哭起來，撲翻身便拜。……石秀再拜謝道：「爺爺，指教出去的路徑。」那老人道：「你便從村裏走去，只看有白楊樹便可轉灣。不問路道闊狹，但有白楊樹的轉灣便是活路，沒那樹時都是死路。如有別的樹木轉灣，也不是活路。若還走差了，左來右去，只走不出去。更兼死路裏，地下埋藏著竹簽、鐵蒺藜。若是走差了，踏著飛簽，准定吃捉了。待走那裡去？」石秀拜謝了。（第四十七回）

利用「盤陀路」，祝朝奉將祝家莊變成了一個大大的「迷宮」，任你本領高強，也叫你進得來出不去。其實，就「迷宮」這一點而言，盤陀路與八陣圖在本質上是一樣的：「變」中的「不變」和「不變」中的「變」。只不過盤陀路的規模小於八陣圖而已。

中國有句古話，叫做「一而再，再而三」。中國古代小說作家們就有這麼

纏綿，對有趣的描寫他們往往群起而模仿之。《施公案》的作者，就是對《水滸傳》「盤陀路」的設計模式進行「侵權」者之一。

　　該書的頭號好漢黃天霸帶領兄弟二人到「七十二港，九汊十八曲」（第二百一十八回）的薛家窩去救施不全，這條水旱交錯的「盤陀路」是一個叫做柴繼光的人設計的。那路真是難走：「望著莊院而行，走不多遠，前面水阻了，只得望橫路走過去，看看離院落不遠，只是左旋右轉，無路進去。」後來，他們抓了一個「舌頭」，這位倒楣的巡丁在刀尖之下招出了其中的秘密：「我們這裡的旱道，遇著松樹右手轉彎；遇著柏樹左手轉彎，你們再不會走錯的。」（第二百一十九回）

　　這裡，將單純旱地的「盤陀路」改成了水陸結合的迷宮。而且，走出盤陀路的正確標誌，也由《水滸傳》中的「只看有白楊樹便可轉灣」換成了「遇著松樹右手轉彎；遇著柏樹左手轉彎」。這倒是更為科學一些了，而且是雙重的科學。第一，「白楊樹」並非四季常青，而「松樹柏樹」則不管春夏秋冬都可作為明顯的標誌。第二，見到白楊樹便轉彎，左轉還是右轉？不如右轉見松、左轉見柏更為合理。由此亦可見得，小說裏的描寫也是越來越講究「科學」了。

　　令人意想不到的是，《三國志通俗演義》中的「八陣圖」和《水滸傳》中的「盤陀路」不僅被後代小說家模仿，甚至還被有的小說作家合二為一了。用「八陣圖」之名，行「盤陀路」之實。這就從側面證明了筆者「盤陀路與八陣圖本質上一致」的結論沒有太大的錯誤。且看《七劍十三俠》中的描寫：

> 這馬家村俗名叫做八陣圖，外方人初到此間必要迷途。徐壽走到裏邊，行了好半歇，卻仍到了原處。走了數遍，穿來穿去，多是樹林。但聞隱隱的雞犬之聲，好在東邊，向東走又在西邊，總摸不著入村的路逕。……那鄉人道：「你要到馬金標家去麼？只跟了我走就是。」徐壽謝了一聲，就跟著他一路走去。轉過樹林，卻望了來的方向，倒兜轉來。徐壽道：「大哥如此走法，卻是倒退回去了。」那鄉人笑道：「這裡的要進先退，要退卻進。你若順彎倒彎一路向前，今年走到明年，也仍舊在這裡。此地乃開國功臣劉基軍師隱居之所，俗名叫做八陣圖就是這個意思。」（第五十回）
>
> 卻說徐鳴皋……周身繫束停當，插了單刀出了房門，飛身上

> 屋，但見明月如畫（晝），萬里無雲。此村路途盤曲，我雖問過馬金
> 標，他說道路休管闊狹進退，但記有冬青樹，即使（不）迷失。隨
> 向前下了房廊，一路前行。果然五步一株，十步一株，出村在右，
> 進村在左。到了轉彎之處，但望前邊冬青在右面，便是出路，依法
> 而行。不多時出了八陣圖來。（第五十一回）

這裡將八陣圖（亦即盤陀路）的發明者由諸葛亮或祝朝奉或柴繼光轉讓給了
劉伯溫軍師。反正古人也不存在什麼知識產權問題，隨便他們胡亂轉讓，死
去一千數百年的古人或生活在書中的人物是不可能提起上訴的。不過，這裡
只用一種「冬青樹」作為轉彎的標誌，卻有描寫上的瑕疵。冬青樹雖然如同
松柏四季常青，作為指路的標誌是再好不過了，但「出村在右，進村在左」則
顯然是有問題的。因為，出村的右邊就是進村的左邊，反之亦然。既然左左
右右都是冬青樹，究竟該往哪邊轉彎呢？這種描寫，就不如「遇著松樹右手
轉彎；遇著柏樹左手轉彎」科學。

　　細節，細節描寫的真實性，是一部小說作品能否取得成功的生命線。所
有的小說作家，對此，均「不可忽也」！

看不得的「首級」

什麼是「首級」？就是人頭。首，腦袋也。怎麼又跟「級」掛上鉤了呢？原來秦朝的制度規定，以斬敵首之多少論功晉級。因此，後人便稱斬下的人頭為「首級」。如《後漢書‧朱祐傳》：「以克定城邑為本，不存首級之功。」

一開始，有些將帥為了自己能飛黃騰達，虛報戰功的事屢屢發生。明明殺了一千多敵人，卻謊報為一萬多，一般都要翻十倍左右。朝廷為了杜絕這種現象，規定憑首級的數量來核定殺敵的真實戰果。《三國志‧魏志‧國淵傳》對此有所反映：「破賊文書，舊以一為十。及淵上首級，如其實數。」

敵人的首級從戰場割下來運往京城，那可是要經過相當長的時間。如果在路上臭了、爛了怎麼辦？前線將士們的做法一般是用石灰或鹽什麼的將首級醃製，使之能夠較為完好地保持到相關「領導」面前，接受檢驗。

如果是斬殺了敵軍高級將領甚至是對方統帥，那他的首級可就比一般的首級值錢多了。這樣值錢的首級，經過處理後，一般要用高級木匣甚或「金漆桶」一類的容器裝好，送到己方領袖面前，讓他親自過目。之所以這樣做，一是證明戰功絕非「妄奏」；二來，順便也滿足一下最高領袖的虛榮心、好勝心；第三，更為重要的是，驗明真「首」以後，要將敵酋的首級掛在城門、旗竿等顯眼的地方示眾。

中國古代小說凡是涉及戰爭、打鬥的作品，基本上都離不開對「首級」的描寫，也經常展示前方將帥拿敵酋首級呈獻在己方領袖面前以獻功的鏡頭。然而，過於兇悍之人的首級卻是看不得的。尤其是在「己方領袖」對死去的敵酋懷有過分尊重或過分懼怕心理的狀態下，這種首級甚至還會「發威」，

弄得「己方領袖」狼狽不堪，甚至危及生命！

或許有人認為，你這話有點言過其實、蠱惑人心了吧。真有這麼厲害的「首級」？看都看不得？謂予不信，且看後周開國君王郭威的一段非常遭遇：

> 周主即宣匡胤見駕。匡胤領旨，來到金階朝拜已畢，口稱：「萬歲，臣趙匡胤奉聖旨，領兵剿叛。……兵到潼關，把高行周逼得自刎，已將他首級取來繳旨。」……周主惟恐首級是假，傳旨：「取上來。」內侍即將首級呈上。周主定睛細看，果是真實，但見貌目如生，顏色不改。因是一生最所怕懼，今日見了，不覺怒從心起，火自腹生，用手指定，開言罵道：「萬惡的賊子！不道你一般的也有今日，你往日英雄往那裡去了？你還能似在滑州時那般耀武揚威麼？」言未說完，只見那首級二目睜圓，鬚眉亂動，把口一張，呼的一聲風響，噴出一股惡氣來，把周主一沖。唬得他往後一仰，兩手繁煞，兩腿一登，牙關緊閉，雙眼直翻，冒走了魂魄，昏迷了心性。兩邊內侍驚慌無措，連忙扶住，齊叫：「萬歲爺蘇醒！」叫了好一會，何曾得醒？（《飛龍全傳》第四十六回）

周主郭威不久就因此而去世。這一段描寫，充分顯示了高行周「生當作人傑，死亦為鬼雄」的風采。當然，作者在寫出這樣令人心有餘悸的情景以前，是作過許多次鋪墊的。不要說在長期的軍事鬥爭中，郭威多次輸給高行周，硬是被他打怕了。就是兩個人的外號都是有講究的。郭威自己曾經說過：「老夫左膀天生的一個肉瘤，如雀兒形狀；右膀上也有一個肉瘤，似穀稔一般：因此人人都稱我為郭雀兒。」（同上第二十二回）而郭威的手下也曾說過：「只是一件，凡為大將者，最怕是個渾名，覺有嫌疑：某聞高行周曾自稱為鷂子，明公又號雀兒。那雀兒與鷂子相爭，何異驅羊鬥虎，卵石相交？未有不敗者。況雀兒乃鷂子口內之物，如何敵得他過？」（同上第三十一回）至此，我們就會明白為什麼郭威視高行周為「一生最所怕懼」。鷂鷹是麻雀的天敵，高鷂子當然也就是郭雀兒的天敵了。因此郭威鮮活的生命看到高行周的首級，居然也給唬了個半死，並從此一病不起，這便大有點「死鷂子病生雀兒」的意味。

提起這句話，不由人不想起《三國志通俗演義》中的一句句式相同的話：「死諸葛走生仲達」。那又是怎樣一回事呢？

　　　　鄉民奔告曰：「蜀兵退入谷中之時，哀聲震地，軍中揚起白旗喪
　　幡，孔明果然死矣！止留姜維斷後，只有一千兵。」來報司馬懿，
　　懿曰：「鼓聲大震，何意也？」鄉民曰：「乃是蜀兵返旗擂鼓而退。
　　車上孔明乃木雕者。」懿歎曰：「吾能料其生，不能料其死也！」因
　　此蜀中人諺曰：「死諸葛走生仲達。」（《三國志通俗演義》卷之二十
　　一《死諸葛走生仲達》）

說《飛龍全傳》中的「死鷂子病生雀兒」吸收了《三國志通俗演義》中「死諸
葛走生仲達」的營養，那是不錯的。然而，《飛龍全傳》中的那段「看不得的
首級」的描寫在《三國志通俗演義》中卻有更為直接的模仿對象，那就是曹
操看關羽首級一段。

　　這件事，本來是東吳的一個陰謀。關羽明明是死於東吳人之手，孫權的
謀士張昭害怕劉備伐吳尋仇，故特地為其主公孫權出了一個餿主意：

　　　　昭曰：「今曹操擁百萬之眾，虎視華夏，久思得漢上之地矣。劉
　　備急欲報仇，必歸命於操。操貪其利，必然納之。若二處連兵，則
　　東吳有累卵之危也。不如先遣人將關公父子英靈送與曹操，明教劉
　　備知是操之所使，必痛恨於操也。」（同上卷第十六《漢中王痛哭關
　　公》）

孫權聽從了張昭的建議，果然將關公的首級「星夜送與曹操」，以實行「移
禍」曹魏之計。曹操在收到關羽首級時，心情是頗為複雜的。先是高興地說：
「關公已仙，孤無憂也。」當司馬懿點破「此乃東吳移禍之計」後，曹操恍然
大悟，並聽從了司馬懿的建議，準備「將關公首級，刻一香木之軀以配之，葬
以大臣之禮」，目的是使「劉備知之，必深恨孫權，盡力南征」，而曹操便可坐
收漁人之利。但在妥善處理關羽首級之前，出於一種優勝心態，尤其是二者
之間恩恩怨怨幾十年而「你死我活」的優勝心理，曹孟德與關雲長見了最後
一面。而這一次「半生半死」的會晤，卻引出了驚人的一幕：

　　　　遂令吳使入。呈上木匣，操開匣視之，見關公面如平日。操笑
　　曰：「久不得見將軍也！」言未訖，則見關公神眉急動，鬚髮皆張，
　　操忽然驚倒。眾官急救，良久方醒，吁氣一口，乃顧文武曰：「關將
　　軍真天神也！」（同上）

曹操與郭威相比，雖然都算是英雄人物，但曹操畢竟更「超級」一些。再加上
他與關公之間也沒有什麼鷂子吃麻雀之類的「食物鏈」故事，因此，他雖然

如同郭雀兒一樣，也被那八面威風的首級唬了個半死，但畢竟吁了一口氣，很快就醒了過來，並且還能夠故作鎮靜地對手下人說：「關將軍真天神也！」這正是曹操強似郭威的地方。

但是，如果換一個角度看問題，我們必須承認，僅就這個片斷的描寫而言，《飛龍全傳》應該說比《三國志通俗演義》更為細膩、更為生動一些，給讀者的刺激也更大一些。儘管《飛龍全傳》只是一部二三流小說，其整體的藝術水平是沒法與《三國志通俗演義》這樣的一流經典名著相比的。但我們並不能因此而得出二三流小說所有的片斷都不如經典名著的結論。「看不得的首級」的故事就是一個顯著例證。

但是的但是，儘管《飛龍全傳》的「看不得的首級」的故事比《三國志通俗演義》更為成功一些，但它是從「三國」這座「故事寶庫」中淘寶淘去的這麼一個基本事實，卻是誰也沒法否定的。

我們對中國古代小說作品之間傳承、流變、影響等諸多問題的研究及其結論，大都是在許許多多的上述這種「但是」「然而」之後才形成的。

這也是誰都沒法否定的。

「壽亭侯」「漢壽亭侯」與「×壽亭侯」

《三國志通俗演義》卷之六《雲長延津誅文醜》中有以下描寫：

> 卻說曹操為雲長斬了顏良，倍加欽敬，表奏朝廷，封雲長為壽
> 亭侯，鑄印送與關公。印文曰「壽亭侯印」，使張遼齎去。關公看了，
> 推辭不受。遼曰：「據兄之功，封侯何多？」公曰：「功微，不堪領
> 此名爵。」再三辭卻。遼齎印回見曹公，說雲長推辭不受。操曰：
> 「曾看印否？」遼曰：「雲長見印來。」操曰：「吾失計較也。」遂
> 教銷印匠銷去字，別鑄印文六字「漢壽亭侯之印」，再使張遼送去。
> 公視之，笑曰：「丞相知吾意也。」遂拜受之。

這段描寫的中心點在關羽的那句「丞相知吾意也」，而問題的焦點卻在一個
「漢」字。因為曹操第一次給關羽送去的大印上刻的是「壽亭侯」，而第二次
的大印則換成了「漢壽亭侯」。這多出的一個「漢」字，標誌著關羽的侯爵不
是曹操賜給的，而是漢帝賜給的。關羽也是藉此向曹操表明，我關某人是「降
漢不降曹」的。所以曹操在關羽第一次拒絕受印後說「吾失計較也」，那是因
為沒有刻上一個「漢」字。而改正以後，關羽所謂「丞相知吾意也」，也是因
為多上這一個「漢」字。這樣的描寫，對於塑造關羽、曹操兩個人物而言，都
是很有必要。雖非神來之筆，至少也是匠心獨運吧。

但是，如此精彩的一段描寫，卻被毛宗崗先生輕輕刪改成下面這乾巴巴
的一句話：「且說曹操見雲長斬了顏良，倍加欽敬，表奏朝廷，封雲長為漢壽
亭侯。」改過之後，毛宗崗猶恐別人不明白其中原委，又特地在這裡加了一
條夾批：「漢壽，地名；亭侯，爵名。俗本此處多訛，今依古文削去。」

毛宗崗所說的「俗本」，大概包括《三國志通俗演義》，而所謂「訛」，則

是該書讓曹操給關羽以「壽亭侯」的印。既便後來曹操改成「漢壽亭侯」了，那「句讀」也是錯的。按照毛宗崗的說法，應該讀成「漢壽」加「亭侯」，而不應該讀成「漢」加「壽亭侯」。因為「漢壽」是地名，而「亭侯」是爵名，「壽亭侯」則什麼名都不是。因此，毛宗崗便按照「古文」進行了刪削。

毛宗崗所說的「古文」，其實就是陳壽的《三國志》。因為在《三國志》卷三十六《蜀書》六中記載得清清楚楚：「建安五年，曹公東征，先主奔袁紹。曹公禽羽以歸，拜為偏將軍，禮之甚厚。紹遣大將軍顏良攻東郡太守劉延於白馬，曹公使張遼及羽為先鋒擊之。羽望見良麾蓋，策馬刺良於萬眾之中，斬其首還，紹諸將莫能當者，遂解白馬圍。曹公即表封羽為漢壽亭侯。」

毛宗崗根據歷史著作《三國志》來訂正歷史演義小說《三國志通俗演義》中滑稽的錯誤，這種做法毫無疑問是正確的。但是，毛宗崗對這一正確做法的解釋卻不盡正確了。因為「亭侯」雖然是爵名，「漢壽」卻不一定是「地名」。考《三國志》，不僅封給關羽「漢壽亭侯」，還有不少人都得到了「×壽亭侯」的封號。且看：

□演被封為「安壽亭侯」。（《三國志》卷四《魏書》四）（此人姓氏待查）

曹真被封為「靈壽亭侯」。（《三國志》卷九《魏書》九）

劉放被封為「魏壽亭侯」。（《三國志》卷十四《魏書》十四）

于禁被封為「益壽亭侯」。（《三國志》卷十七《魏書》十七）

于禁子於圭嗣封「益壽亭侯」。（《三國志》卷十七《魏書》十七）

文聘被封為「延壽亭侯」。（《三國志》卷十八《魏書》十八）

呂虔亦被封為「益壽亭侯」。（《三國志》卷十八《魏書》十八）

高柔亦被封為「延壽亭侯」。（《三國志》卷二十四《魏書》二十四）

可見，「漢壽」並不一定是地名。如果「漢壽」是地名的話，以上這些「×壽」難道都是地名嗎？據筆者看來，似乎更像吉祥語。當然，這種稱號也有可能一部分是地名，一部分是吉祥語，還有一些甚至是專門紀念某個人或某件事的。我們不可拘泥。

更有意味的是，像「俗本」那樣犯這種滑稽錯誤的絕不僅止於《三國志通俗演義》，而根據「古文」改正他人錯誤者也絕不僅止於毛宗崗。且看下面這一段記載，我們就會知道什麼叫做「更向荒唐演大荒」了。

　　《明史》卷五十《志》第二十六載：「關公廟，洪武二十七年建於雞籠山之陽，稱漢前將軍壽亭侯。嘉靖十年訂其誤，改稱漢前將軍漢壽亭侯。」

　　推翻異族統治的大明開國天子朱洪武的大漢族意識真是夠強烈的，居然稱關公為「漢前將軍壽亭侯」。或許這並非什麼民族意識，那就是這位在文化人面前極度自卑而又極度自尊的大明天子的不學無術了。幸虧他的孫子的孫子的孫子還是讀了幾本書的，發現了這位爺爺的爺爺的爺爺之「誤」，故而「訂」了過來，總算給祖宗挽回了一點「龍顏」。

　　只是筆者一直弄不明白，這荒唐的錯誤究竟誰是始作俑者？朱元璋還是羅貫中，或者是「說三分」的民間藝人？或者是《三國志通俗演義》的出版商們？我想，多半是皇帝上了說書人和通俗小說的當，而御用文人又跟著皇帝一起「不得不」上當吧！

　　高貴者最愚蠢，卑賤者最聰明。這話有道理！

　　而某些有知識的「高貴者」跟在不學無術的更為高貴者的屁股後面去自欺欺人，則有點近乎「一二三四五六七」「孝悌忠信禮義廉」之類的「亡八無恥」了。（《精神降鬼傳》第五回）

虛則實之，實則虛之

中國是一個講辯證思維的國度，老莊思想中的相對主義更是突出。「虛則實之，實則虛之」，就是這麼一個帶有辯證意味的哲學命題。同時，這也是中國古代兵法中的警語。

有趣的是，這一兵法警語在描寫戰爭的古代小說中也一再被運用。

較早用到這句話的是《三國志通俗演義》，在該書的卷之十《曹操敗走華容道》一節中，非常成功地描寫了曹操自以為是的一次敵情判斷：

> 操行之間，前面有兩條路，軍士復曰：「兩條路皆取南郡，不知從那條路去？」操問：「那條路近？」軍士曰：「大路稍平，卻遠五十餘里。小路投華容道，卻近五十餘里；只是地窄路險，坑坎難行。」操令人上山望之，回報小路山邊有數處煙起，大路並無動靜。操教前軍便走華容道小路。諸將曰：「烽煙起處，必有軍馬，何故到走這條路？」操曰：「豈不聞兵書有云：『虛則實之，實則虛之。』諸葛亮見識，故使數個小卒於山僻燒煙，令我軍不敢從這條山路走，卻伏兵在於大路等著。吾料已定，因此教走華容。」

事實證明曹操的判斷是錯誤的，因為關雲長正在華容道橫刀立馬等待著他。要不是關羽念在「當初恩義重」「亦動故舊之心」，曹孟德這次可就萬劫不復了。其實，曹操這一點自作聰明的心理，更為聰明的諸葛先生早就預料到了。當孔明派關羽扼守華容道的時候，將帥之間有這樣一番對話：

> 孔明曰：「雲長可於華容小路高山之處，堆積柴草，放起一把火煙，引曹操來。」雲長曰：「曹操望見煙，知有埋伏，如何肯來？」孔明笑曰：「此正是兵書云『實實虛虛』之論。雖是操善知兵，此卻

可以瞞過他也。他見煙起，將為虛張聲勢，只道嚇他。定然投這條
路來。將軍休得容情。」（《三國志通俗演義》卷之十《周公瑾赤壁
鏖兵》）

這才是真正意義上的知己知彼。諸葛亮不僅熟讀兵書，而且還瞭解到曹操也
熟讀兵書，深知「虛則實之，實則虛之」之論，所以更轉了一道彎兒，「虛則
虛之，實則實之」，終於讓曹操上了大當。在這個問題上，曹操的認識與關羽
是在同一層面上，而諸葛亮的智慧則超乎眾人之上。正因為如此，《三國志通
俗演義》的戰爭描寫才顯得婀娜多姿，令人手不釋卷。並且，這種以能人鬥
智為最高境界的戰爭描寫，還影響到許多同類型的小說。僅以「虛虛實實」
描寫而言，《後三國石珠演義》就進行了基本是照葫蘆畫瓢的模擬：

　　卻說王彌與眾將殺出重圍，行了數里，方才喘息稍定，回顧兵
馬，少卻一半，心下十分悔恨，便勒住馬，與諸將商議道：「吾聞此
間有兩條路可以回營，如今打從那一條路去好？」眾人未及回答，
只見西北角上一縷青煙，冉冉而起，王彌看了道：「就打從這條路去
罷。」蒲洪與赫連勃勃說道：「青煙起處必有伏兵，元帥如何到要從
這條路去？」王彌道：「你二位深知兵法，豈不聞虛虛實實乎？劉弘
祖那廝，詭詐百出，他將雄兵伏於大路，又使軍士在小路放把青煙，
使吾見之懼有埋伏，定然不敢從小路去，此是他用兵之法。吾前面
失計，遭此大敗，今一之已甚，豈可再乎？」便縱馬加鞭，望西而
進。（第二十六回）

這裡的王彌就是「新版」的曹操，蒲洪與赫連勃勃就是曹操手下的「諸將」，
而王彌所提到的劉弘祖自然而然也就「相當於」諸葛孔明先生了。更有甚
者，不僅王彌上當的描寫完全仿自三國中的曹操，就連諸葛亮對曹操的知己
知彼，也完全是一體仿照：

　　有方又喚段琨近前道：「吾聞此間有兩條路，一條是官塘大路，
一條是幽僻小路，汝亦引兵五千，伏於小路，再令小軍放把煙火，
王彌若見，定然打從這條路來。」段方山道：「他若看見煙火，知道
有兵埋伏，如何肯從這條路來？」有方笑道：「汝豈不聞兵法云，虛
則實，實則虛乎？只管放心前去，吾自有法拿他。」方山會意，領
兵而去。（同上）

這簡直是「克隆」式的描寫。微微小有不同的是，王彌的估計稍有失誤，他以

為此計乃對方劉弘祖所為，卻不知乃是對方的「侍謀贊善護軍軍師」侯有方所「妙算」。其實，劉弘祖基本相當於《三國志通俗演義》中的劉備，王彌應該知道劉弘祖不具備如此高的軍事素養，但他還是糊裏糊塗地將這項高智商的活動強加在劉弘祖身上。這只能說明王彌的智商較之曹操又略遜一籌。這也難怪，《後三國石珠演義》的作者「梅溪遇安氏」的藝術水平較之《三國志通俗演義》的作者羅貫中原本就差了幾個檔次，他的作品、他筆下的人物怎能不有「既生瑜何又生亮」的感覺呢？

無論如何也激不怒的敵人

在古代戰場上，統帥們最害怕一種「示弱」的敵人——堅守不出。雖然他處於劣勢，但因為他龜縮在營寨或堡壘之中，你要想消滅他必須耗費大量的時間和兵力，甚至還達不到預期效果，那就叫做事倍功半。然而在戰場上，處於弱勢一方者又往往採取這種閉門不出的戰術，讓優勢一方無可奈何，哭笑不得。

中國古代小說經常描寫到這種戰爭局面，甚至有堅守不出而最終取得勝利者。如《三國志通俗演義》中的彝陵之戰，陸遜靠的就是這種「示弱」戰術。結果，他抓住機會反敗為勝，將劉備幾十萬大軍燒了個精光。

面對這種「示弱」的敵人，統帥們也想盡了辦法，其中有一條，就是千方百計激怒他，使他憤而出戰，而後找機會消滅之。古代小說中多次寫到這種激怒敵人的戰術，其中最著名的是諸葛亮用「女妝」激怒閉門不出的司馬懿。《三國志通俗演義》中寫道：

> 卻說孔明自引一軍屯於五丈原，累令人搦戰，魏兵不出。孔明乃取巾幗並婦人素縞之服，修書一封，盛於大盒之內，遣人徑送到魏寨。諸將不敢隱蔽，直須引入見了司馬懿。懿對眾拆開視之，內有巾幗婦人之衣並書一封。懿拆封視之，書曰：「漢丞相、武鄉侯諸葛亮，嘗聞管子有云：『禮義廉恥，國之四維；四維不張，國乃滅亡！』竊惟司馬仲達既為大將，統領中原之眾，不思披堅執銳以決雌雄，則甘分窟守土巢而畏刀避箭，與寡婦又何異哉！今遣人送巾幗素衣，如不出戰，可再拜而受之。倘有丈夫之胸襟，早與批回，依期赴敵。」司馬懿看畢，心中大怒，乃佯笑曰：「視我為婦人耶？

吾且受之！」令人重待來使。（卷二十一《孔明秋夜祭北斗》）
司馬懿的修養真是達到了超凡脫俗的境界。在封建時代、甚至一直到今天，如果哪一位男性被別人認為像一個女人，或者說沒有男子漢氣概，那就是一種極大的侮辱。而司馬仲達先生居然能蒙受如此巨大的侮辱而堅持不上諸葛孔明的當，真正是忍辱負重，就連臥龍先生都拿他無可奈何。其實，這也是一種人格力量。是漢魏六朝知識分子所推重的「靜氣」，泰山崩於前而不變色的靜氣。

無獨有偶，在《三國志通俗演義》的續書《後三國石珠演義》中，也出現了這麼一位極具雅量的統帥——王彌。他的表現較之司馬懿有過之而無不及：

果然到了明日，弘祖便令符登同慕容廆引兵一萬，直抵晉寨，將王彌三代揭起，百般污罵，晉兵只是不出。三人無奈，只得引兵回營。見了弘祖，將前事說了一遍。弘祖道：「若此如之奈何？」次日，親自修書一封，並一小盒，盒內藏婦人紅裳鬈髻，差步軍總管俞魁前去送與王彌。俞魁得令，竟望晉寨而來。守軍報與王彌，王彌傳令叫他進來，俞魁將書遞與從人，又取小盒獻上。王彌將書拆開一看，只見上面寫道：「某聞豪傑襟懷，自是轟轟烈烈。今君身居帥職，統領王師，自當猛力爭功，使吾軍望風而靡，方顯英雄之作用。何乃堅閉寨柵，作妾婦守深閨之態，實是可恥，竊為君不取也。力勇則鼓行而決戰，力怯則納地而歸降：惟此二者，君其圖之。」王彌覽畢，又見小盒內放著婦人鬈髻、衣服，便拍案大怒道：「無知賊子，視我為婦人！」……傍邊轉出陶侃、桓彝說道：「元帥乃堂堂天朝臣子，豈受賊人如此恥辱，明日小將等情願引兵出營，決一死戰。」王彌道：「彼辱我者，正欲激我出戰耳，安可因一時之忿而壞大事？吾胸中自有主見，汝等不必多言。」（第二十六回）

相比較而言，《後三國石珠演義》的描寫比《三國志通俗演義》更為細緻、更為曲折，也更為充分。但無論如何，它畢竟是「後三國」，是續書，而且是模仿原著，故而落入第二義，不能算作創造。

然而，讀了這兩段描寫以後，可以使我們對《老子》中的一句話有更為深刻的理解，那就是人類生存的一條基本準則——柔弱勝剛強。

寶馬赤兔

　　關於中國古代的寶馬，典籍中多有記載，聊舉與本文相關的三例：

　　其一，宋·王應麟《玉海》卷一百四十九載：「項王之騅，苻主之騧，桓氏之驄，晉侯之駁，魏公絕影，唐國驌驦，劉之的盧，呂之赤兔。」

　　其二，明·彭大翼《山堂肆考》卷二百二十載：「漢末呂布以誅董卓，功封溫侯，御良馬曰赤兔。陳思王馬名驚帆，張飛馬名豹月烏，秦叔寶馬名忽雷駁，郭子儀馬名獅子花，慕容廆馬名赭白。」

　　其三，清·陳大章《詩傳名物集覽》卷四載：「王氏曰：白顛，蓋名馬，驊騮、盜驪、赤兔、的顙之類。」

　　上述三例都涉及「赤兔」，可見，該馬為中國古代名馬中的名馬。

　　赤兔寶馬最早主人之知名者，即上文所謂「漢末呂布」。關於這一點，在史籍中是言之確鑿的。

　　《三國志·呂布傳》：「布有良馬，曰赤兔。」裴注：「《曹瞞傳》曰：時人語曰：人中有呂布，馬中有赤兔。」

　　《後漢書·呂布傳》：「布常御良馬，號曰赤兔，能馳城飛塹。」（注同上）

　　此後，呂布與赤兔馬的關係史不絕書。唐代詩人李賀在《馬詩二十三首》中也說：「赤兔無人用，當須呂布騎。」不僅如此，他還在為一呂姓將軍寫的《呂將軍歌》中劈頭就說：「呂將軍，騎赤兔。」直以呂布比呂將軍，並以赤兔馬映襯之。

　　在民間創作中，也有呂布與赤兔馬的記載。如《三國志平話》云：「臨洮丁建陽太守，呂布叫為父，因為赤兔馬殺了丁建陽。」可見，從史乘到文人作

品再到民間創作，都認定赤兔馬的主人是呂布。

然而，在《三國志通俗演義》中，呂布的赤兔馬後來卻被曹操送給了關公：「一日，操請公宴。臨散，送公出府，見公馬瘦，操曰『公馬因何瘦？』公答曰：『賤軀頗重，馬不能乘，因此常瘦。』操令左右備一匹馬來。須臾，使關西漢牽至，身如火炭，眼似鑾鈴。操指曰：『公識此馬否？』公曰：『莫非呂布所騎赤兔馬乎？』操曰：『然。吾未嘗敢騎，非公不能乘。』連鞍奉之。」（卷之五《雲長策馬刺顏良》）

關公作為呂布死後的赤兔馬主人，在歷史典籍中並未見到相關記載。那麼羅貫中這樣寫，是否有根據呢？或者說，在中國古代的民間傳說中，赤兔馬最遲在什麼時候與關公聯繫到一起了呢？

根據目前所掌握的材料，此事最遲發生在元代。證據如下：

元·馬致遠散曲《借馬》云：「這馬知人義，似雲長赤兔，如翊德烏騅。」

元·成廷珪詩歌《馬國瑞所題李龍眠畫赤黑二馬相戲卷子索詩因題卷後》：「又不見白門赤兔來向東，神物終屬雲長公。百萬軍中刺名將，疾如健鶻追秋風。」

元·魯貞《武安王廟記》：「蘭佩下兮桂旗揚，乘赤兔兮從周倉。」

元·佚名《博望燒屯》雜劇第三折諸葛亮唱詞謂關羽「憑著赤兔馬定家邦」。

以上諸條，有詩歌，有散文，有雜劇，有散曲，可見在當時的文學創作中大家眾口一詞：呂布死後，赤兔馬歸了關公。

當然，上述記載也遭到了正牌學者的駁難。如魯貞《武安王廟記》一文中的說法，就遭到四庫館臣的指責：「考周倉之名不見史傳，是直以委巷俚語鐫刻金石，殊乖大雅。」（《四庫全書·桐山老農集提要》）

但無論如何，民眾還是按照自己的思路「傳說」下去。在《三國志通俗演義》產生的同時或稍後，民間還有不少關於關公與赤兔馬的傳說。

明·蒙詔《新建唐鄂國尉遲廟記》云：「關乘赤兔，公得驪駒，類皆龍種。」

明·陳道永《題孫雪居畫朱竹》：「或云關侯本朱顏，或云面白似微酣，或云關侯騎赤兔，或云侯馬又純素。」

這一連串的「或云」，正好說明關公與赤兔馬的故事在民間流傳之廣泛。

更為有趣的是下面這段傳說：

> 慈源寺東數百武，有關王廟，相傳即元崇恩萬壽宮。殿中塑像
> 甚古，作姚彬被縛狀，殆元時舊塑。元設梵像提舉司，專董繪畫佛
> 像及土木刻削之工，故其藝特絕，後人不能為也。寺僧云：彬初為
> 黃巾賊將，貌類關公。其母病，思食良馬肉。彬知公所騎赤兔最良，
> 因投麾下，竊赤兔以逃。關吏察其音，不類河東，執以歸公。彬忼
> 慨請死，臨刑忽大哭。公問之，則以與母永訣故爾。乃釋之。事不
> 見於野史，世所傳關公事蹟，亦無之荒唐之辭，不知何所本也。（清
> 代《欽定日下舊聞考》卷五十八）

根據以上材料，可以初步推斷：歷史上呂布的赤兔寶馬，後來在民間傳說中
於呂布死後歸了關公，這種傳說的形成期最遲在元代。

那麼，廣大民眾為什麼一定要給赤兔馬找到關公這麼一個好的「歸宿」
呢？原因肯定是多方面的，其中一個重要的因素或許就是呂布其人雖武藝高
強、相貌出眾，但德行卻不怎麼樣。赤兔馬跟了呂布，固然在戰場上可謂相
得益彰、交相輝映，但就「品格」而言，呂布這種不義之徒卻辱沒了赤兔寶
馬。因此，在呂布死後，人們希望為名馬尋找一位德才兼備的名將作為它最
後的歸宿。於是，關公就順理成章地成為了赤兔馬的新主人。

更有甚者，《三國志通俗演義》還寫到赤兔馬自從跟隨關公以後，不斷
「人格化」，竟於不知不覺中養成了崇高而又美好的道德情操，最終達到了與
其主人關公一樣「忠義」的地步。請看以下描寫：「自關公父子歸神之後，坐
下赤兔馬被馬忠所獲，獻與孫權。權就賜與馬忠騎坐，刀賜與潘璋。其馬數
日不食草料而死。」（卷之十六《玉泉山關公顯聖》）

清人毛宗崗讀到此處，情不自禁地發表了自己的看法：「此馬不為呂布死
而為關公死，死得其所矣。馬亦能擇主乎？」（毛本《三國演義》第七十七回
批語）毛宗崗的說法，所代表的正是廣大民眾的一種共同心理。

然而，事情還沒有完，後代小說作者居然又寫了一匹赤兔馬，並且歸了
另一條紅臉大漢——趙匡胤。請看《飛龍全傳》中的一段描寫：

> 只見宋金輝騎的一匹赤兔馬，在那裡亂叫。匡胤聽了馬嘶，仔
> 細一看，見那馬周身如火炭一般，身條高大，格體調良，走至眼前，
> 將韁繩拉住。那馬見了匡胤，擺尾搖頭，嘶鳴不已。匡胤滿心歡喜，
> 收了良駒。（第二十一回）

趙匡胤這紅臉的漢子不僅像另一位紅臉的漢子關羽一樣得到了一匹赤兔寶馬，而且還像關羽護送兩位皇嫂一樣，千里護送了一位弱女子趙京娘。

宋太祖千里送京娘的故事膾炙人口，那麼，宋太祖千里送京娘的時候是出於一種什麼樣的思想狀態呢？或者說，他的這一行為的內在動力是什麼呢？答案是：向關羽學習。

《警世通言·趙太祖千里送京娘》中，就十分明確地描寫了宋太祖的這種心理。當時身為貴介公子的趙匡胤對其叔父說：「漢末三國時，關雲長獨行千里，五關斬六將，護著兩位皇嫂，直到古城與劉皇叔相會，這才是大丈夫所為。今日一位小娘子救她不得，趙某還做什麼人？」

讓我們再回到「寶馬」上來。所謂寶馬，倒不僅僅在於它能夠日行千里、夜行八百，更重要的則是它通人性。上面講過，關公的赤兔馬能以身殉主，比某些「歹人」更具有「人格精神」。有趣的是，趙匡胤在得到寶馬之前，也送給京娘一匹好馬，而這匹馬居然也以自己的生命酬答了它的主人——趙京娘。當京娘為了報答趙匡胤的大恩也為了表明自己的清白上弔自殺後，她的靈魂曾經騎著馬兒手執紅燈為趙匡胤送行。當趙匡胤問她既已身亡，為何還能騎馬時，她回答自己所騎的其實是馬之魂：「好叫恩兄得知，此馬自蒙恩兄所賜，乘坐還家，今見恩兄已走，小妹已亡，此馬悲嘶，亦不食而死。」（《飛龍全傳》第十九回）

一位美女的一縷芳魂乘著一匹義馬的魂魄舉著一盞紅燈為一名活生生的紅臉壯漢送行，這場面本來也夠得上豔麗壯觀了，但是因為它模仿了《三國志通俗演義》，故而沒有多大的藝術魅力。同樣的道理，趙太祖也完全有資格像關大王一樣騎著高大神奇的赤兔馬，但因為它模仿了《三國志通俗演義》，所以這段故事便湮沒無聞。可見，人們在閱讀小說時，對模仿是相當反感的，哪怕是完美無瑕甚至有過之而無不及的模仿。

「北風緊」與「北風寒」

《紅樓夢》中的千古風流人物王熙鳳平生可能只做過一句詩，但那詩句卻廣為流傳，幾幾乎使鳳辣子成為半個詩翁了。事情的原委是這樣的：

> 話說薛寶釵道：「到底分個次序，讓我寫出來。」說著，便令眾人拈鬮為序。起首恰是李氏，然後按次各各開出。鳳姐兒說道：「既是這樣說，我也說一句在上頭。」眾人都笑說道：「更妙了！」寶釵便將稻香老農之上補了一個「鳳」字，李紈又將題目講與他聽。鳳姐兒想了半日，笑道：「你們別笑話我。我只有一句粗話，下剩的我就不知道了。」眾人都笑道：「越是粗話越好，你說了只管幹正事去罷。」鳳姐兒笑道：「我想下雪必刮北風。昨夜聽見了一夜的北風，我有了一句，就是『一夜北風緊』，可使得？」眾人聽了，都相視笑道：「這句雖粗，不見底下的，這正是會作詩的起法。不但好，而且留了多少地步與後人。就是這句為首，稻香老農快寫上續下去。」鳳姐和李嬸平兒又吃了兩杯酒，自去了。(《紅樓夢》第五十回)

王熙鳳的這句詩，確實有如大觀園姐妹們所說的諸多妙處。但是，一個與之相關的新的問題也就擺在我們面前了。鳳姐的詩是真正獨出心裁呢？還是對別人詩歌創作的借鑒模擬？說得更明白一些，一貫喜歡通過詩詞歌賦等文學創作來塑造書中人物形象的曹雪芹，在塑造王熙鳳這一人物形象時突然使用的反其性格修養的「做詩怪招」的原料「一夜北風緊」，是否有其來歷？

查四庫全書，其間所有的五言詩中根本沒有「一夜北風緊」的句子，甚至連「一夜北風×」這樣的句式作為起句的五言詩都沒有。也就是說，大觀

園姐妹所謂「這句雖粗，不見底下的，這正是會作詩的起法。不但好，而且留了多少地步與後人」的詩法在曹雪芹以前的詩人恐怕並沒有用過，至少是不常見。從這個意義上講，這應該算是王熙鳳（其實是曹雪芹）的首創了。然而，世界上的事情既然有「意內」就會有「意外」，在考察任何一件事情的原委的時候，說「有」好辦，只要你持之有據，就可以大聲說「有什麼什麼」。但要說「無」可就困難了，因為任何人都不可能將你的「目光」掃射所有的認知領域。已知世界是有限的，未知世界則是永遠的無窮。即如「一夜北風×」就是這樣，即便是正統的文獻資料中沒有這方面的記載或信息，保不定在野史雜記中會冷不丁地冒出一點東西來。果然，在四庫全書不收的歷史演義小說中就有這樣一則資料：

> 玄德再三殷勤致意，均皆領諾入莊。玄德上馬，忽見童子招手籬外，叫曰：「老先生來也！」玄德視之，見一人暖帽遮頭，狐裘被體，騎一驢，後隨帶一青衣小童，攜一葫蘆酒，踏雪而來；轉過小橋，口誦《梁父吟》一首。詩曰：「一夜北風寒，萬里彤雲厚。長空雪亂飄，改盡江山舊。仰面觀太虛，想是玉龍鬥：紛紛鱗甲飛，頃刻遍宇宙。白髮銀絲翁，豈懼皇天漏？騎驢過小橋，獨歎梅花瘦！」玄德問之曰：「此必是臥龍先生也！」滾鞍下馬，向前施禮曰：「先生冒寒不易，劉備等候久矣！」那人慌忙下驢，近前作揖。諸葛均在後曰：「此非臥龍家兄，乃家兄岳父黃承彥也。」玄德問曰：「適間所吟之句，極其高妙，乃何人所作？」黃承彥曰：「老夫在女婿家，觀《梁父吟》記得這一篇。卻才過橋，偶望籬落間梅花，感而誦之。」
> （《三國志通俗演義》卷之八《玄德風雪訪孔明》）

這篇《梁父吟》的作者，或許是諸葛亮，或許是羅貫中，或許是別的什麼人。然而，這一切對於我們而言，其實並不重要了。我們只要知道，在曹雪芹創造王熙鳳形象的時候是多有借鑒就足夠了。

「拔大樹」與「扮新娘」

在《飛龍全傳》中的鄭恩身上，魯達的影子經常在晃動。且不說二人相貌兇狠、身軀魁偉，也不說二人開口一個自稱「洒家」，一個自稱「樂子」，都是方言聲口，我們只看兩件趣事，便可更加印象深刻。

「花和尚倒拔垂楊柳」的故事盡人皆知，且看魯智深的神力：「智深相了一相，走到樹前，把直裰脫了，用右手向下，把身倒繳著，卻把左手拔住上截，把腰只一趁，將那株綠楊樹帶根拔起。」（《水滸傳》第七回）

鄭恩也曾拔樹。但拔的可不是楊柳樹，而是棗樹，而且拔的方式也與魯達不太一樣：「連忙走至跟前，逐株相了一遭，只揀大大的一株，走近數步，探著身子，將兩手擒住了樹身，把兩腿一蹬，身體往後用力一掙，只聽得轟的一聲響處，早把那株大樹連根帶土，拔了起來。」（《飛龍全傳》第八回）

二人拔樹，有極為相似的一面。如先將對象「相」一下，亦即打量、端詳一下，這實際上是行動以前必要的測量和準備。再如二人都是以腳下為支撐點，利用全身力量來拔樹，其中，腰部的力量尤其重要。

但二人拔樹，也有很不相同的一面。魯智深是看準一株樹拔，對象明確，因此，他的「相」，是指定那一株垂楊柳而不看其他。「相」的目的，是看好從那個位置下手最好用力。鄭恩則是在「數十株」「大小不均」的「棗樹」中選擇一株作為臨時的兵器，他的「相」是目光橫掃過去，選擇最「粗」的下手。再如他們使用力量的姿態也不一樣，魯智深很有「風度」，從容不迫，「把腰只一趁」，有點舉重若輕的味道。而鄭恩於緊急之時，慌忙之際，動作幅度太大，顯得有些粗莽，因為他的拔樹不像魯智深那樣是在眾人面前展示風采，

而是急於弄一件兵器去打架救人。

就「拔樹」而言，魯達和鄭恩二人的相同是合情合理的，二人的不同也是合情合理的。

第二件相類似的事，是兩位莽漢居然都裝扮過無比美妙的新娘子。

《水滸傳》是這樣描寫魯智深扮作新娘戲弄小霸王周通的：

> 那大王推開房門，見裏面黑洞洞地。大王道：「你看我那丈人是個做家的人，房裏也不點碗燈，由我那夫人黑地裏坐地。明日叫小嘍囉山寨裏扛一桶好油來與他點。」魯智深坐在帳子裏都聽得，忍住笑，不做一聲。那大王摸進房中，叫道：「娘子，你如何不出來接我？你休要怕羞。我明日要你做壓寨夫人。」一頭叫娘子，一面摸來摸去。一摸摸著銷金帳子，便揭起來，探一隻手入去摸時，摸著魯智深的肚皮。被魯智深就勢劈頭巾帶角兒揪住，一按按將下床來。那大王卻待掙扎。魯智深把右手捏起拳頭，罵一聲「直娘賊」，連耳根帶脖子只一拳。那大王叫一聲：「做甚麼便打老公？」魯智深喝道：「教你認的老婆！」拖倒在床邊，拳頭腳尖一齊上，打得大王叫救人。（第五回）

《飛龍全傳》寫鄭恩扮作新娘子戲弄韓通、韓天祿父子的描寫就要簡單得多了。請看：

> 只說鄭恩扮做新人，前面樂人引導，金鼓喧雜，燈燭輝煌，一行人鬧鬧熱熱，由南街大路而來。只見韓家的埋伏軍士，著見趙府迎娶已到，即時一聲號炮，一齊上前，把音樂隨從人等打散，搶得一乘大轎，自為得計，抬進韓府。韓通大喜，親自揭開轎簾。只見轎裏踱出一個鄭恩來，高叫一聲：「韓兄，小弟到此，快備酒來與你對飲。」韓通情知中計，無可奈何。（第六十回）

兩相比較而言，《水滸傳》中的描寫，顯得比較風趣。試想，一個胖大和尚裝做新娘子，騎在山大王身上大施拳腳，而那位喉急萬分想著做新郎的小霸王忽然間遭到冰雹般的拳打腳踢，這該是多麼富於喜劇意味呀！尤其是那神秘而又富有諧趣意味的環境——黑洞洞的「洞房」，新郎的自言自語，「新娘」的偷著樂，還有新郎一連串的「摸」，最終那令人忍俊不禁的對話：「做甚麼便打老公？」「教你認的老婆！」真是精彩絕倫的場面描寫。而《飛龍全傳》中的描寫便要文雅得多，當然也就乏味多了。這裡只有「只見轎裏踱出一個

鄭恩來，高叫一聲」，稍稍有點兒諧趣意味，其他的描寫則顯得過於平直，很難調動讀者的閱讀興趣。

如果說，魯智深與鄭子明不同的「拔樹」情節描寫尚可認為是各有千秋的話，那麼，他們二人不同的「扮新娘」情節描寫則明顯的是《飛龍全傳》不如《水滸傳》了。

倘若我們進一步探究的話，《飛龍全傳》中那「簡單平直」的鄭恩「扮新娘」的故事簡直就是照抄《南宋志傳》更為「簡單平直」的相同故事而稍有發展而成的：「李智從人搶得假親進韓府來。通不勝之喜，揭開簾幀細視之。鄭恩不慌不忙走出轎來，叫聲：『韓老兄，今日鄭恩自至，有好酒整備來飲。』」（第四十四回）較之《飛龍全傳》，《南宋志傳》更為等而下之，只能算四五流乃至末流小說了。

順便說一下，在中國古代小說中，描寫「拔大樹」情景的絕非僅止於以上兩部作品。在比《飛龍全傳》更晚一點的一部神怪兼英雄的章回小說《瑤華傳》一書中，也寫了一個陰陽兩性人拔大樹的情節：

> 卻說三姐撞下馬來，恐被賊人用刀砍死，將身子往外一滾就滾出圍來，槍也掉了，手無寸鐵。看見瑤華敗陣下來，心上急了，路旁有一株半不大的一顆樹，用力一搖，卻鬆動了一半，再用力一拔，連根都拔起了。忽見那持大刀的賊，不知怎樣馬閃了眼，突然跳出陣來，恰近三姐這邊，那三姐逞勢將那拔起的樹連根帶土往前打去，正中那大刀的賊，連人帶馬一齊倒下，三姐見已打倒，復打一下，眼見人馬都死，三姐逞著一時之勇，輪起那樹幹，一味蠻打上去，這些賊將如何招架，只得倒退下來。（第三十一回）

三姐之拔大樹，既不同於鄭恩是在投入戰鬥之前，更不同於魯達是在和平的日子裏，他（她）是在打鬥正激烈的過程中間。因此，他（她）不可能像鄭、魯二位那樣用眼睛去「相」一下樹，而是換成了手上的動作「用力一搖」，搖鬆動了以後，再「用力一拔」，然後才作為臨時兵器去打擊敵人。這樣的描寫，毫無疑問也是很有層次感的，同時也是符合當時的特定環境的。因此，也可以說是相當成功的。

魯智深示範，鄭恩、三姐效尤的「拔大樹」的故事，充分說明了一個道理：榜樣的力量是無窮的！

英雄的「名頭」

《施公案》中，有所謂「南方四霸」：賀天寶、濮天雕、武天虯、黃天霸，都是極重「名頭」的江湖好漢。其中，又以大哥賀天寶最愛面子。我們且看一個最典型的事例：

> 話說施公聽賀義士所說於六、於七等在山東作亂一片言詞，帶笑開言說：「據施某看於六、於七，貓賊鼠輩，不足為患。義士你若不符前言，就算是失信；不然，就是怕山東於六、於七，不願跟施某前去放糧。」看官，這是施公怕賀天保不去，故用話激他。賀天保聽了，果然又羞又惱：羞的是再入綠林，被施公撞見，面上覺著發羞，無地自容；惱的是施公說他怕於六、於七，羞惱交加。大聲說道：「老爺若提當初之話，他們也俱不知所行。今日說個明白，叫眾位聽聽。」你看他帶著氣，滔滔的將初遇施公，及看黃天霸，棄邪歸正；他要相隨，未得如願，當時說過「後會有期」的話。又對著眾人說明道：「要不是眾位說是達官扎手，再三請我相幫，賀天保怎肯又行此道？可巧被老爺撞見，不是失信，也是失信。方才老爺說我懼怕山東於六、於七，不敢跟去，豈不可笑麼？為今雖赴湯蹈火，就死在山東，我也是去定咧！我也不管眾位哥們怎麼個主意，我只得跟著大人，洗清了賀天保不是貪生失信之人。」（第一百十四回）

這位莽撞的江湖漢子，中了施公的激將法，居然連性命都不顧了，只要洗清自己「不是貪生失信之人」。這種將個人榮譽看得比生命更重要的英雄，在中國古代小說中絕不僅止一個賀天寶，也絕不止於「南方四霸」，而是「夥頤」！

　　《三國志通俗演義》中的關羽，在土山之上與曹操約法三章，第一條就是「吾今只降漢帝，不降曹公」。（卷之五《張遼義說關雲長》）什麼意思呀？要面子！意思是我關某即便投降也是投降漢獻帝，而絕不是你曹孟德！

　　《水滸傳》中的武松，寧願接受一百殺威棒，也絕不向管營、差撥交一兩銀子，並聲言：「我若是躲閃一棒的，不是好漢。」（第二十八回）什麼意思呀？要面子！意思是天下只有打人的武松，哪有怕打的武松呀？

　　《西遊記》中的孫悟空，面對正在洗澡的七個赤身裸體如花似玉的妖女，只消將金箍棒在水裏一攪，便可全殲敵人，但他卻想到「打便打死他，只是低了老孫的名頭。常言道：『男不與女鬥』。」這意思已經夠明白了，天下聞名的孫大聖，能去打死女人、而且是正在洗澡的女人嗎？還是那三個字：「要面子！」

　　所謂「面子」，也就是個人榮譽，也就是社會名聲，現在叫做「人格魅力」，古人叫做「名頭」。上述這許多英雄人物人前人後都將自己的「名頭」極其看重，尤其是那種在無人處也想到自己面子的英雄人物，更可以說是視榮譽高於生命了。《趙太祖千里送京娘》中的趙匡胤，就是這麼一位：

> 　　公子（趙匡胤）提棒仍出後門，欲待乘馬前去迎他（強盜）
> 一步，忽然想道：「俺在清油觀中，說出了千里步行，今日為懼怕
> 強賊乘馬，不算好漢。」遂大踏步奔出路頭。（《警世通言》卷二十
> 一）

趙匡胤護送趙京娘途中碰到強盜準備打仗時，一開始是想騎馬迎敵的，但想到當初曾經因為「一馬不能騎兩人」，在京娘面前說過大話：「將此馬讓與妹子騎坐，俺誓願千里步行，相隨不憚。」如今總不能因為迎敵而違背在妹子面前「千里步行」的承諾吧。因為這四字諾言，趙公子這一千里路就得步行，無論碰到何種情況都只能步行，一騎上馬就「不算好漢」了。這就是面子問題，這就是英雄的名頭，比生命都重要的名頭！

　　英雄人物重「名頭」，當然是榮譽高於生命的一種表現。然而，有一點卻是他們始料不及的：名頭有時居然能救命！

　　這方面受惠最多的是《水滸傳》中的及時雨宋公明。他的「名頭」不知多少次挽救了他平凡而又偉大的生命。且看其中三次最驚險的：

> 　　當下三個頭領坐下。王矮虎便道：「孩兒們，正好做醒酒湯。快
> 動手取下這牛子心肝來，造三分醒酒酸辣湯來。」只見一個小嘍囉

掇一大銅盆水來，放在宋江面前；又一個小嘍囉捲起袖子，手中明
晃晃拿著一把剜心尖刀。那個掇水的小嘍囉便把雙手潑起水來，澆
那宋江心窩裏。……宋江歎口氣道：「可惜宋江死在這裡！」燕順親
耳聽得「宋江」兩字，便喝住小嘍囉道：「且不要潑水。」燕順問道：
「他那廝說什麼『宋江』？」小嘍囉答道：「這廝口裏說道：『可惜
宋江死在這裡！』」燕順便起身來問道：「兀那漢子，你認得宋江？」
宋江道：「只我便是宋江。」燕順走近跟前又問道：「你是那裡的宋
江？」宋江答道：「我是濟州鄆城縣做押司的宋江。」燕順道：「你
莫不是山東及時雨宋公明，殺了閻婆惜，逃出在江湖上的宋江麼？」
宋江道：「你怎得知？我正是宋三郎。」燕順聽罷，吃了一驚，便奪
過小嘍囉手內尖刀，把麻索都割斷了，便把自身上披的棗紅紵絲衲
襖脫下來，裹在宋江身上，抱在中間虎皮交椅上，喚起王矮虎、鄭
天壽快下來，三人納頭便拜。（第三十二回）

那人道：「大哥卻是等誰？」那大漢道：「等個奢遮的好男子。」
那人問道：「什麼奢遮的好男子？」那大漢答道：「你敢也聞他的大
名。便是濟州鄆城縣宋押司宋江。」那人道：「莫不是江湖上說的
山東及時雨宋公明？」那大漢道：「正是此人。」……那人道：「不
瞞大哥說，這幾個月裏好生沒買賣。今日謝天地，捉得三個行貨，
又有些東西。」那大漢慌忙問道：「三個甚樣人？」那人道：「兩
個公人和一個罪人。」那漢失驚道：「這囚徒莫不是黑矮肥胖的
人？」那人應道：「真個不十分長大，面貌紫棠色。」那大漢連忙問
道：「不曾動手麼？」那人答道：「方才抱進作房去，等火家未回，
不曾開剝。」那大漢道：「等我認他一認。」當下四個人進山岩邊人
肉作房裏，只見剝人凳上挺著宋江和兩個公人，顛倒頭放在地下。
那大漢看見宋江，卻又不認得；相他臉上金印，又不分曉。沒可尋
思處，猛想起道：「且取公人的包裹來，我看他公文便知。」那人道：
「說得是。」便去房裏取過公人的包裹打開，見了一錠大銀，尚有
若干散碎銀兩。解開文書袋來，看了差批，眾人只叫得「慚愧」。那
大漢便道：「天使令我今日上嶺來。早是不曾動手，爭些兒誤了我哥
哥性命！」……只見那大漢教兩個兄弟扶住了宋江，納頭便拜。（第
三十六回）

那稍公睜著眼道：「老爺和你耍甚鳥！若還要吃板刀面時，俺有一把澄風也似快刀在這艎板底下。我不消三刀五刀，我只一刀一個，都剁你三個人下水去。你若要吃餛飩時，你三個快脫了衣裳，都赤條條地跳下江裏自死！」……宋江和那兩個公人，抱做一塊，恰待要跳水，只見江面上咿咿啞啞櫓聲響。宋江探頭看時，一隻快船飛也似從上水頭搖將下來。……船上那大漢道：「咄！莫不是我哥哥宋公明？」宋江聽得聲音廝熟，便艙裏叫道：「船上好漢是誰？救宋江則個！」那大漢失驚道：「真個是我哥哥！早不做出來！」……那稍公呆了半晌，做聲不得，方才問道：「李大哥，這黑漢便是山東及時雨宋公明麼？」李俊道：「可知是哩。」那稍公便拜道：「我那爺！你何不早通個大名，省得著我做出歹事來，爭些兒傷了仁兄？」（第三十七回）

江湖多險惡，宋江刺配途中，迭遭凶難。第一次差一點叫王英剜了心，幸虧自言自語說出「宋江」二字，方遇難呈祥。第二次差一點讓李立剝了皮，是李俊看見「差批」中有「宋江」二字，方救他一命。第三次差一點讓張橫丟到江中，又是李俊聽出是「宋江」聲音，使之再次幸免於難。每一次，要殺宋江的兇手都不認識宋江，但一聽說他就是「及時雨宋公明」之後，無一不「納頭便拜」。宋江的大名豈止是讓別人如雷貫耳，簡直就是他自己遇難呈祥的護身符。這就是英雄的「名頭」的超級效用。

更有趣味的事情還在下面，不僅人間英雄有一個好「名頭」便可走遍天下、笑傲江湖。就是鬼中豪傑有個好「名頭」，也可逢凶化吉，大難不死。且看一部鬼話連篇的作品對《水滸傳》的模仿：

只聽得一聲鑼響，林子內跑出許多不打臉的強盜，把跎子提出火坑，連頭帶尾綁了，抬到剝皮亭上。坐了兩個沒收成的眼子王：一個叫做陰發，一個叫做陽遣。到是殺得人、救得人，就生得強盜形象，不在人倫之中。跎子在下，有兩個偷毛賊的小夥計扯著跎子不出手。眼子王問道：「你是何人？為何至此？快快說來！」跎子戰兢兢說了些本心話，又說了姓名。陰發、陽遣道：「原來是跎兄。」遂離了不在其位，親解其縛，命他坐下。跎子問道：「二位如何曉得在下？」陽遣道：「目下時作跳跎子，誰不知道？你我可以六大頭拜弟兄。」遂去請長子、李矮子、皮罄兒、邱大混，還有蔣胖子，一

齊換個帖子。（《飛跎全傳》第九回）

這真是，人同此心，心同此理，連「鬼心」都與人心一體。但我們從《飛跎全傳》這段對《水滸傳》的模仿性描寫之中，是否讀出了一點「反諷」？又是否讀出了一點「解構」？

但無論如何，《水滸傳》也罷，《飛跎全傳》也罷，都從不同的角度詮釋了中國現代最能代表民眾（尤其是女民眾）心理的一句廣告詞：

「還有什麼比面子更重要嗎？」

暑天下蒙藥，酒好還是茶好？

　　《水滸傳》中「智取生辰綱」一段，是稍有文化的中國人都耳熟能詳的著名段子。「智取」的過程寫得極為精彩，但到底有些撲朔迷離。直到這一回書的最後，已經把生辰綱都取走以後，作者才向讀者徹底揭開謎底：「原來挑上岡子時，兩桶都是好酒。七個人先吃了一桶。劉唐揭起桶蓋，又兜了半瓢吃，故意要他們看著，只是教人死心塌地。次後，吳用去松林裏取出藥來，抖在瓢裏，只做趕來饒他酒吃，把瓢去兜時，藥已攪在酒裏。假意兜半瓢吃，那白勝劈手奪來，傾在桶裏。這個便是計策。那計較都是吳用主張。這個喚做『智取生辰綱。』」（第十六回）

　　吳用智取生辰綱主要是在酒裏下蒙汗藥，但在「赤日炎炎似火燒」的酷熱環境中，那些「又熱又渴」的士兵們為了「解暑氣」，竟然買來「白酒」痛飲一番，這好像與現實生活有點距離。

　　有人或許會問，書中說了白勝挑的是「白酒」嗎？是的。正是白酒！筆者說了不算，還是讓白勝自己說吧：「那漢子口裏唱著，走上岡子來，松林裏頭歇下擔桶，坐地乘涼。眾軍看見了，便問那漢子道：『你桶裏是甚麼東西？』那漢子應道：『是白酒。』」（同上）

　　接下來的問題是：那個時候有「白酒」嗎？那可就說來話長了。

　　眾所周知，中國古代的酒分為四大類：果酒、黃酒、配製酒、白酒。

　　果酒是以各種果品為原料，經發酵而釀成的，是一種低度飲料酒，在新石器時代就已經出現。黃酒是以穀物為原料的一種釀造酒，它與農業的發展基本同步。最遲在商代，穀物釀酒已非常普遍。配製酒以發酵原酒、蒸餾酒或優質酒精為酒基，加入花果或藥材或動植物的芳香物料或配以其他具有色、

香、味的物質，經過浸泡、蒸餾等工藝配製而成。白酒是在釀造的基礎上加熱蒸餾而成的，由於在蒸餾過程中除去過多的水分，提高了酒精的濃度，酒精含量可達 60%以上，以至可以燃燒，故稱「燒酒」。

蒸餾製造的「白酒」究竟產生於何時？學術界有東漢說、唐代說、南宋說等觀點。根據南宋宋慈《洗冤集錄》中「令人口含米醋或燒酒」隨吮隨吐以治療毒蛇咬傷的記載，可以斷定白酒的產生不會晚於南宋時期。又根據河北青龍縣出土的銅製蒸酒鍋（製造時間在金世宗大定以前）以及在黑龍江阿城金上京遺址發現的蒸餾酒器具，有人認為「白酒」產生於金代。（參看蘭雪燕《水與火淬煉的精靈——金代燒酒》一文，載《文史知識》2007 年第二期）

《水滸傳》故事背景的北宋末年在中原大地是否流行「白酒」，這話很難說。但在《水滸傳》這部小說產生的元末明初，中國廣袤的大地上飲白酒應該是蔚然成風了。這樣一來，就出現了一個問題，《水滸傳》中黃泥岡上的士兵們喝「白酒」能夠解渴嗎？就算書裏所寫的「白酒」度數不是最高的，但酒精含量至少也不會低於 30%吧。這種白酒只能禦寒，而不能解渴，恰恰相反，它應該是越喝越渴。難道沒有看見，同樣是《水滸傳》，在第二十三回寫景陽岡上的武松喝了十五碗白酒也「酒力發作，焦熱起來」嗎？（武松是超人，一般人是吃了三碗就醉）所以，《水滸傳》中喝白酒解渴的描寫不太符合生活真實，至少是不符合一般人的生活習慣。

那麼，把「酒」換成「茶」怎麼樣？筆者認為效果應該更好。大熱天在茶裏下點蒙汗藥而「智取生辰綱」，應該說比下在酒裏更符合現實生活。

想不到在中國古代小說中還真有在模仿《水滸傳》的基礎上而善於創新者，那就是《繡戈袍全傳》中的一段描寫：

> 到了日期，安徽已盡起本部軍馬。即遠近有奉進壽禮的，亦個個附驥同行。將到九焰山前，胡叟、胡彬早已在此等候，扮成買茶的，一人擔了一兩大櫃，櫃面豎了一簾，寫道：上好白攬解渴香茶。此時正值大暑，……白日當天，安徽軍馬，行到此處，汗流遍體，且覺氣喘如雷。只得駐足不前，欲覓澗泉以解渴悶。忽見有人在此賣茶，軍士個個上前，欲買來飲。這位府臺的中軍武狀元方如虎，是最有勇有謀的，遂攔阻眾軍士道：「荒郊野外，正舊日響馬出入之所。我等身受大人重託，獨無懼茶中有蒙藥麼？」遂決意不任軍士

買飲，只可靜歇一息，以便舌泉自湧，過路便是，如達者重責。軍士只得苦忍，甚覺難堪。忽見有繼進的二人，說道：「有茶賣麼，我不怕藥。」遂各解囊，取了一文，分去買飲。胡叟、胡彬亦於每櫃各取一大碗，分送二人立飲。二人一吸輒盡，復索，茶主不肯。兩人各伸手向櫃中自取了一碗，說道：「如此濃茶，寧不可再讓一杯。」說罷，又吸過半。胡叟、胡彬皆說道：「一文錢，買不得兩杯。」遂一手搶還作勢，叮咚一聲，潑還那茶落櫃去了。二人徐徐乃去，軍士一時被那二人引得流涎不過。個個說道：「路上買茶，何處沒有？難獨人家飲得，我等飲不得。如此渴悶不堪，寧受責了。」遂爭去買飲。中軍見別人尤飲，不去遏阻軍士，連他也要解渴一番。頃刻，兩桶皆盡。……雲卿大喜，前去劫貢。如虎遠見來的是賊，意欲交鋒。奈蒙藥一時發作，並諸軍馬皆如酒醉一般，手中無力。勉強撐持，被雲卿等殺得屍橫遍野。（第三十三回）

書中最後交代蒙汗藥是何時下的呢？「胡叟、胡彬搶回，於放還碗中的茶，放下桶時，乘勢乃下藥」。如此看來，這一段描寫從整體到細節都是模仿的《水滸傳》，所不同者，僅僅以「茶」易「酒」而下蒙汗藥也。

就整體而言，《繡戈袍全傳》的這段描寫顯然不能與《水滸傳》的那段描寫相比，因為它就是一種模仿，有贗品之嫌。但是，僅就蒙汗藥下在哪裏為佳這一具體描寫而言，《繡戈袍全傳》則優於《水滸傳》，因為暑天下蒙藥，當然是「茶」比「酒」好！

寸有所長，尺有所短，信不誣也！

「愚忠」比賽

　　《水滸傳》中有許多令人扼腕歎息的事情，其中之一就是宋江臨死拉李逵做殉葬者。

　　呼保義宋公明在喝了朝廷賜給的毒酒以後，自知不久人世，他什麼都不擔心，只擔心李逵為他報仇，壞了自己的一世清名。於是，他發出了內心的感歎：

> 　　我自幼學儒，長而通吏。不幸失身於罪人，並不曾行半點異心之事。今日天子信聽讒佞，賜我藥酒。得罪何辜！我死不爭，只有李逵見在潤州都統制，他若聞知朝廷行此奸弊，必然再去哨聚山林，把我等一世清名忠義之事壞了。只除是如此行方可。（第一百回）

怎麼樣一個「如此行方可」呢？將好兄弟李逵騙至身邊，讓他也喝毒酒，一起死去。於是，宋江真的將李逵從潤州請到楚州，先騙李逵喝了毒酒，然後才告知真實情況。果然，李逵提出重新造反。這時，宋江向李逵和盤托出自己內心的想法：「兄弟，你休怪我！前日朝廷差天使賜藥酒與我服了，死在旦夕。我為人一世，只主張忠義二字，不肯半點欺心。今日朝廷賜死無辜。寧可朝廷負我，我忠心不負朝廷！我死之後，恐怕你造反，壞了我梁山泊替天行道忠義之名。因此請將你來，相見一面。昨日酒中已與了你慢藥服了。回至潤州必死。」（同上）

　　這是何等的「忠」，何等的「愚忠」！為了一個「忠心不負朝廷」的信條，也不管那朝廷是清明還是渾濁，抱定了一個「忠」字。為了這愚蠢的「忠」，竟然不顧一切，連結義多年的兄弟都能拉來作為自己的殉葬品。宋公明，宋

公明真是「愚忠」得可以。

然而，還有比《水滸傳》中的宋江更為「愚忠」者，那便是《說岳全傳》中的岳飛。

《說岳全傳》中寫岳飛被朝廷十二道金牌招回京城以後，他已經預料到自己將會被奸臣陷害至死，但他只擔心一件事：「我死之後，岳雲、張憲這兩個孩兒，不要壞了我一世忠名方好！」（第六十回）後來，當奸臣冒充岳飛的筆跡將岳雲、張憲二人騙進牢獄之後，面對他們的只有「死亡」二字。就是到了臨死前的一刻，岳飛還是擔心岳雲等人現場發作，壞了自己「忠」之清名。於是，就有了「風波亭」上岳飛父子生命終結的時最「愚忠」的一幕：

> 岳爺道：「這是朝廷之命，怎敢有違？但是岳雲、張憲猶恐有變，你可去叫他兩個出來，我自有處置。」倪完即喚心腹去報知王能、李直，一面請到岳雲、張憲。岳爺道：「朝廷旨意下來，未知吉凶。可一同綁了，好去接旨。」岳雲道：「恐怕朝廷要去我們父子，怎麼綁了去？」岳爺道：「犯官接旨，自然要綁了去。」岳爺就親自動手，將二人綁了，然後自己也叫禁子綁起。……岳雲、張憲道：「我們血戰功勞，反要去我們，我們何不打出去？」岳爺喝道：「胡說！自古忠臣不怕死。大丈夫視死如歸，何足懼哉！且在冥冥之中，看那奸臣受用到幾時！」就大踏步走到風波亭上。兩邊禁子不由分說，拿起麻繩來，將岳爺父子三人勒死於亭上。（第六十一回）

岳飛的心理、動機、語言、行為，與宋江如出一轍。只是，宋江用欺騙的手段拉來的殉葬品乃是自己結義的兄弟，而岳飛用強制的手段捆綁的卻是自己的兒子。為了「自古忠臣不怕死」一句空洞的口號，也不管自己所「忠」的是明君還是昏君，總之，為一「忠」字而死，就是死得其所。岳飛之「愚忠」，較之宋江而言，有過之而無不及。

但是，拉兒子做殉葬品的岳飛還不是「愚忠」的「天字第一號」人物，天底下還有比岳飛之「忠」更「愚」者，那就是《繡戈袍全傳》中的一個大忠臣唐尚傑。他可到好，面對因為是駙馬而免於一死的兒子唐雲俊的臨終遺言，竟然是擔心另一個逃跑在外的兒子唐雲豹舉兵造反，壞了自己一世清名：

> 今得你死裏從生，一來日後祖宗香燈，僅留一線；二來尚雲豹在外，若能走脫，你見他時，必須說我臨終吩咐，有云：天下無不

是之君王，縱若有刻薄處，臣子亦不宜抱恨。須念著舊時那個伍員，
看他苦諫夫差，汨羅笑逝，刮目觀兵。其忠愛處，自屬不磨。獨以
父仇切齒，消恨鞭屍，忘卻一日君臣之義，故雖生平節烈，縱裏歌
道載，而後人直以其毒仇齊王一事，入不得宗臣廟裏，俎豆千秋。
止可日後密地訪出仇根，自行洗脫。若是借名仇恨亂動干戈，不獨
污了我唐家忠孝的名，亦且生民塗炭。我在九泉地下，亦斷不饒他。

（第十七回）

最終，唐尚傑不僅為那昏暗的嘉靖朝貢獻了自己，而且，獻出了全家老少的
性命：「劊子手……殺得天黑地暗，可憐三百餘口，頃刻化作無頭之鬼」。（同
上）

為了不讓兒子給自己報仇，居然引經據典，居然賭咒發誓，唐尚傑真正
是「愚忠」之魁首了。不過，他卻有一點說得不錯，兒子興兵報仇，會招致
「生民塗炭」，這倒是很有見地的。如果僅從這一點出發，唐尚傑則是真正的
胸懷廣闊了。可惜他重點要說的是另一句話：「無不是之君王，縱若有刻薄
處，臣子亦不宜抱恨。」

這是一句最壞的話！

因為它代表了最為愚昧的思想。

因為它磨滅的是最為鮮活的人性。

宋江忠心不負的是宋徽宗朝廷，岳飛忠心不負的是宋高宗朝廷，唐尚傑
忠心不負的是明世宗朝廷。歷史上與小說中的這三位「萬歲爺」基本上都是
「無道昏君」。就憑小說作品中三皇帝殺了宋江、岳飛、唐尚傑這三位忠臣及
其兄弟、子侄、全家，就可以知道他們都是昏庸的、刻薄的、狠毒的最高封建
統治者。

這樣的昏君，為什麼要忠於他？

而宋江、岳飛、唐尚傑一個比一個更為「愚忠」，他們似乎在進行著愚忠
的比賽，看誰最「愚」，看誰最「忠」，看誰最「愚忠」！

這是宋江的悲劇、岳飛的悲劇、唐尚傑的悲劇！更是三部小說作者的悲
劇！同時還是中國封建時代千千萬萬的志士仁人的悲劇！

因為小說作者居然給志士仁人樹立了這樣「愚忠」的楷模。

而且這楷模絕不止上述三個。

這樣的楷模一個接一個，像「里程碑」似的，社會還能夠前進嗎？

蔚為大觀的「打虎」

　　在中國古代小說中，有不少關於老虎的描寫，尤其是在那些描寫英雄豪俠的小說作品中，更多「打虎」情節。似乎在中國古代人們的心目中，英雄人物如果不屠條把龍、殺只把虎就對不起英雄的稱號。然而，同是打虎，卻可以看出這些英雄的塑造者們寫作水平和藝術眼光的高低不同。

　　為了說明問題，我們不妨先觀摩一下英雄們是怎樣打虎的。

　　安敬思（後改名李存孝）是這樣打虎的：「忽有一羊竄過，驚醒其人，跳將起來，把眼一揉，見虎正在食羊，其人遂跳下漫漢石，脫了羊皮襖，伸手舒拳，要來打虎。那虎見人慾來打它，便棄了羊，對面撲來。其人躲過，只撲一個空，便倒在地，似一錦袋之狀。其人趕上，用手搤住虎項，左脅下便打，右脅下便踢，那消數拳，其虎已死地下。」（《殘唐五代史演義傳》第十回）

　　李存孝打的其實是一隻中箭虎，因為在他打虎之前，晉王已將此虎射了一箭，「正中夾膀，其虎負痛，遂掩尾低頭而走。……已到澗邊，其虎蹲身跳過」。因此，才造成了李存孝打虎比較輕鬆。我們可以這樣理解，老虎中箭而逃，跳過山澗，又向李存孝一撲，或許是筋疲力盡，或許是流血過多，總之是在相當大的程度上失去了抵抗力，故而李存孝的快速輕鬆打虎還是有一定的生活真實依據的。但該書緊接著的兩段描寫就誇張過度而失實了：「其人低頭看之，虎尾搖動，尚然不死，遂挽起虎尾，向石上摔了下來。對岸軍人，盡皆看得癡呆。」「隨即提起虎來，望對澗只一撩，撩過澗來。眾皆驚駭。晉王令軍士提之，無一動者。」（同上）

　　再看王茂打虎：「風過後，早看見有兩隻大虎咆哮而來，在山前拼命的爭

鬥。王茂見了，便歇下斧子，走到山前來看。兩虎鬥了半日，只見這隻黑斑斕錦毛虎一時氣力不加，鬥不過，卻待要走，怎奈那隻弔睛拳黃毛大虎欺他力弱，便攔住不放。王茂看得分明，勃然大怒，陡起不平，直竄出樹林來，大叫一聲道：『好大膽的孽畜，怎敢在我面前以強欺弱！』又趕上前一步。那隻鬥贏的弔睛拳黃毛大虎，忽見有人出來，便發嘯一聲，就似半空中起了一個霹靂，震得滿山皆動，望著王茂身上直撲過來。王茂眼捷手快，早側身一閃讓過去了。那虎見撲不著，便跳上高崗，趁勢往下望著王茂呼的一聲又一撲來。王茂反迎上前數步。那虎用得力猛，早從王茂頭上直撲過來。那虎撲得兩空，忙轉身再撲。卻被王茂腳快跟入，用雙手一把掣住虎頭，死命的一把按在地下，卻磨過身子立在虎頭前，復偷出右手捏著鐵缽也似的拳頭，往虎肋脊骨上一連五六拳。那虎身子動不得，只將後兩腿與尾把撐起。王茂又提出左腳望著那虎的眼睛又一連四五腳，只見那虎後腳與尾把漸漸挫下，伏在地上。王茂便將虎頭盡力一掀，不覺順手翻轉，便四腳朝天，已經打死，全不動了。……王茂遂將這隻死虎一手提著，取了斧子插入腰間，取路回家，丟在門口。」（《梁武帝演義》第三回）

王茂打虎其實也佔了些許便宜，因為兩虎相鬥老半天，即便勝利者也已經是強弩之末了，故而讓這位王姓樵夫大顯威風。然而，細看王茂打虎，我們總覺得有些模仿武松的痕跡，如「閃身」，如「掣頭」，如「偷拳」，如「踢眼」等等。但是王茂也有堅決不學武松的地方，一是「將虎頭盡力一掀，不覺順手翻轉，便四腳朝天」。二是「遂將這隻死虎一手提著，取了斧子插入腰間，取路回家，丟在門口」。這樣的地方真是大大超過武松，比武松的氣力大得多了。

當然，打虎最有成就的還是「說唐」系列小說中的英雄們。且看：

熊闊海打虎：「走了兩個岡，只見前林中跳出兩隻猛虎，撲將過來，闊海把外袍去了，雙手上前擎住，那虎動也不敢動，將右腳連踢幾腳，將虎往山下一丟，那虎撞下山岡，跌得半死。又把那虎一連數拳打死了。再往下邊一觀，那虎又醒將轉來要走，闊海趕下山來擎住，又幾拳打死了。這名為雙拳伏二虎。」（《說唐全傳》第十四回）

薛仁貴打虎：「仁貴一看，後面白額虎飛也趕來，……即時上前，將虎一把領毛扯住，用力捺住，虎便掙扎不起，便提起拳頭，將虎左右眼珠打出，說：『孽畜，你在此不知傷了多少人性命，今撞我手內，眼珠打出，放你

去罷。』那虎負痛而去。」（《說唐後傳》第二十二回）

薛葵打虎：「薛葵說：『兄弟那年在山玩耍，遇見二虎相鬥。兄弟去拿它。二虎見了跑入洞中，被弟拿住虎尾拖將出來，不見了虎，竟變了兩柄鐵錘，重有四百多斤，有巴斗大。』」（《說唐三傳》第七十八回）

趙武打虎：「忽見山坡中跳出一隻猛虎，張牙舞爪，十分兇惡，眾軍見了，一齊吶喊。秦文忙取弓搭箭，望虎射去，正中那虎脅下，遂低頭而走，秦文拍馬趕來。追到一條澗邊，那虎踴身跳過澗去。……那人遂跳下石來打那虎。那虎一見人來打他，他棄了羊，對人撲來，那人一閃，虎卻撲了個空。那人回身抓住虎頸，那虎因箭著傷，被那人向左脅下著實幾腳，又復幾拳，那虎就死了。那人正在回身，忽聽山嘴上大吼一聲，又是一隻猛虎，向那人對面撲來。那人抖擻精神，掄拳又打，打了幾拳，挽起虎尾，向石上摔將下來。對岸軍士唬得呆了。」（《反唐演義全傳》第八十五回）

陳金定打虎：「丁山正在危急，只聽得山頭上虎嘯之聲。抬頭一看，見一個樵柴女子，生得奇形怪狀，手執鐵錘，在那裡打虎。……錦蓮聽了拍馬趕進林中，不防女子將死虎照錦蓮頭上打將下來，那娘娘措手不及，叫聲『嗄唷』，跌下馬來，被丁山前去取了首級。」（《說唐三傳》第二十七回）

除了「唐代」英雄以外，其他時代的英雄打虎也極具風采，聊舉一例。

嚴正芳打虎：「一日虎窩內走了猛虎，京城內落亂紛紛，各武員侍衛等分頭追趕，恰好嚴正芳過見虎向他當面撲來，他便將身一蹲，虎從頭上竄過，他便趁勢一把將虎尾扯住，隨手攢將轉來，把這虎攢成塌扁。」（《七劍十三俠》第九回）

以上幾位英雄的打虎，較之李存孝、王茂打虎更進一籌，也更有英雄氣概，但離生活真實也更其遙遠。值得注意的是，某些英雄在「打虎」的同時，又有了「運虎」的行為。如熊闊海「將虎往山下一丟」，如薛葵「拿住虎尾拖將出來」，如趙武「挽起虎尾向石上摔將下來」，如陳金定「將死虎照錦蓮頭上打將下來」，如嚴正芳「把這虎攢成塌扁」，如此等等，不一而足。無論是「丟」，還是「拖」，抑或是「摔」，或者是「攢」，甚至以死虎「打」人，總之是在打虎以後還要賈餘勇將老虎「運動」一番，這就需要極大的氣力，好在這些英雄人物都是「超級」的，這點力氣實在算不得什麼！

然而，據筆者所知，「運動」死老虎的冠軍還不是上述諸人中的任何一個，而是另有其人。且看：

　　　　忽聽得山崗上喝道：「孽畜還不走！」公子抬頭看時，見一個小
　　廝年紀十二三歲，在那崗上拖一隻老虎的尾巴，喝那虎走。公子……
　　便望著崗子上高聲叫道：「呔！小孩子，這個虎是我們養熟了頑的，
　　休要傷了他，快些送來還我！」那小孩子聽了，心中暗想：「怪道今
　　日擒這個虎怎般容易，原來是他養熟的。」便道：「既是你們的，就
　　還了你。」遂一手抓著虎頸，一手撲著虎腿，望崗子下摜將下來。
　　不道使得力猛，撲的一聲丟下崗來，那虎早已跌死了。公子想道：
　　「真個好力氣！」就下馬來道：「我的虎被你摜死了，快賠我一隻活
　　的來。」就把那死虎提起來，望著崗子上摜將上去。（《說岳全傳》
　　第四十回）

在這樣一場「摜」虎大賽中，岳飛的「公子」岳雲和關勝家的「小孩子」關鈴
顯盡了少年英雄的氣力和威風。但是，這種行為在現實生活中有可能發生嗎？
一隻老虎能被兩個少年從山上丟到山下又從山下丟到山上嗎？如果從這個角
度看問題，我們不得不說，這種描寫是失敗的。不僅如此，上述眾多英雄的
打虎行為的描寫都是失敗的，只不過程度不同而已。因為這些小說都不是神
話作品，也不是童話作品。

　　當然，古代小說中英雄打虎描寫也有相對合乎情理的，如擬話本小說《二
刻醒世恆言》中的一個片斷：

　　　　這猛將軍點看了半日，感歎了一回，忽然一陣猩風從殿後捲
　　起，猛地跳出一個班文大虎，就望著這韓如虎一撲，撲將過來，猛
　　將軍將身上一挫，讓這虎從頭上跳了過去，那虎回轉身來，他又閃
　　了過去，兩個一往一來，鬥了一會。只聽得門開響處，走出一個老
　　僧來，大喝一聲道：「孽畜不得無禮！驚了主人公。」只見那虎竟往
　　後山跑著去了。（第三回《猛將軍片言酬萬戶》）

這位外號叫做「猛將軍」的韓如虎，在一廟宇之中碰到一隻老虎。人虎之間
搏鬥了一陣，被一老僧（當然是得道聖僧）喝走老虎。去掉後面老僧那一喝，
這一片斷的前半寫人虎博鬥還是頗為符合實際的。作者並沒有神化韓如虎，
而是寫得比較真切，比較合情合理。較之以上諸作，這裡的描寫已經相當不
錯了，但還有強似此篇的，如《紅樓復夢》中的一個打虎片斷：

　　　　只見一隻大黑虎，橫咬著柳緒縱身跳過溪去。……那人使勁一
　　提將柳緒拉了上去，給他騎在一個大小杈裏，叫他拖樹坐穩。那人

隨即盤樹下來，剛到樹根尚未站穩，那隻大虎業已轉身跳來，迎面一撲，那人扭身一躲，順手在腰間拔出一個大銅錘，搶離樹根。那虎將前爪在地一伏，急縱過來，將那條剛尾就人一剪，谷振山鳴，葉落如雨。那人閃開一步，趕著搶進身去，照著鼻樑一錘打去。那虎負痛大吼，往上一攛，那人將身一折，望著虎腰上使勁又一錘，跟著在腰跨上用盡氣力踢了一腳，不等那虎再跳，趕著又是一錘。那虎過於受傷動彈不得，那人反身站住，按著虎頸，接連幾下。只見那條虎尾免強一豎，接著吼了一聲，嗚呼西去了。那人還怕他死的不很舒服，又在周身上下給他大錘一頓。此是九月半後，涼月滿山，石縫裏的寒蛩順著西風悲鳴不已。那人坐在虎背上喘息了一會，依舊將銅錘插在腰裏，走到樹邊叫道：「你下來罷。」（第七十回）

根據小說後面交代，此位打虎好漢名叫馮富。說這段描寫高於上述諸段描寫，倒不在於作者在極忙之際還忘不了來一點風景描寫，如「涼月滿山，石縫裏的寒蛩順著西風悲鳴不已」之類，而在於下述兩點：其一，馮富打虎頗為艱難，而且還有一個趁手的兵器；其二，這位草莽英雄打死老虎之後，居然「坐在虎背上喘息了一會」，而不像上述那些英雄人物一樣，將死虎拋來摜去。有此二點，足以標誌著《紅樓復夢》中的這段馮富打虎的描寫，較之上述諸書要成功一些。然而，這還不是最佳打虎描寫。

在中國小說史上，真正成功的打虎描寫只有偉大的《水滸傳》中的「景陽岡武松打虎」。進而言之，最妙的還不是武松打虎的過程，而是他打死老虎以後的一段描寫：「武松放了手，來松樹邊尋那打折的哨棒，拿在手裏，只怕大蟲不死，把棒橛又打了一回。眼見氣都沒了，方才丟了棒。尋思道：『我就地拖得這死大蟲下岡子去。』就血泊裏雙手來提時，那裡提得動？原來使盡了氣力，手腳都蘇軟了。武松再來青石坐了半歇，尋思道：『天色看看黑了。倘或又跳出一隻大蟲來時，我卻怎地鬥得他過？且掙扎下岡子去，明早卻來理會。』就石頭邊尋了氈笠兒，轉過亂樹林邊，一步步捱下岡子來。走不到半里多路，只見枯草叢中，又鑽出兩隻大蟲來。武松道：『呵呀！我今番罷了！』」（《水滸傳會評本》第二十二回）

一位能打死活虎的英雄，為什麼不能拖動死虎？難道說千古流傳的打虎英雄武松之力氣、勇敢、威風遠遠趕不上前面所提到的那些人物嗎？那麼，

為什麼中國古代直至今天的讀者都只記得武松打虎而不知道李存孝、王茂、熊闊海、薛仁貴、薛葵、趙武、陳金定、嚴正芳、關鈴、岳雲等人的打虎呢？這中間究竟蘊含著哪些奧秘呢？且看中國古代小說評點第一人金聖歎對這一問題的探究。

金聖歎於此回回前總批云：「讀打虎一篇，而歎人是神人，虎是怒虎，固已妙不容說矣。乃其尤妙者，則又如讀廟門榜文後，欲待轉身回來一段；風過虎來時，叫聲阿呀翻下青石來一段；大蟲第一撲從半空裏攛將下來時，被那一驚，酒都做冷汗出了一段；尋思要拖死虎下去，原來使盡氣力手腳都蘇軟了，正提不動一段；青石上又坐半歇一段；天色看看黑了，惟恐再跳一隻出來，且掙扎下岡子去一段；下岡子走不到半路，枯草叢中鑽出兩隻大蟲，叫聲阿呀今番罷了一段，皆是寫極駭人之事，卻盡用極近人之筆。」

有了施耐庵的描寫，我們才能欣賞到武松這「人」中之「神」的英雄形象；有了金聖歎的評點，我們就能更深入地領會到作者筆下生花的精妙構思。像《水滸傳》和上面提到的《殘唐五代史演義傳》、《說岳全傳》以及「說唐」系列等英雄傳奇小說，其中絕大多數的人物都是虛構的，但這種虛構又必須以生活真實為基礎，必須使讀者在獲得審美快感的同時又覺得某一人物和故事的真實可信。「極駭人之事」與「極近人之筆」，正是小說創作中塑造英雄人物形象所必須注意的藝術辯證法。無極駭人之事，英雄人物便無光彩；無極近人之筆，英雄人物便脫離現實基礎。只有建立在結結實實的現實生活基礎上而又具有傳奇色彩的英雄人物才是最成功的英雄典型，施耐庵的描寫和金聖歎的批評都深刻地告訴了我們這一點。

明白了這一點，我們就會對金聖歎的下面一句話有更深刻的體會：

「天下之文章，無有出《水滸》右者；天下之格物君子，無有出施耐庵先生右者。」（《水滸傳序三》）

「打虎」描寫，亦乃如此。